PATRICK LAGNEAU

LE PRIX DE LA VENGEANCE

À mon ami Guy,

1.

Tunnel.
Quais bondés.
Autre tunnel.
Nouveaux quais bondés.
Rame de métro saturée.
James a préféré rester debout. Il ne voit rien, ne regarde rien de cette vie souterraine. Son esprit est ailleurs. Bien au-delà de ce moyen de transport quotidien utilisé par tant de travailleurs parisiens.

Plus que trois stations pour atteindre peut-être le bonheur. Car oui, ce jour, il l'attendait avec impatience. Et là, aujourd'hui, il y est.

Enfin !

Jusqu'à une semaine, il avait oublié l'envoi de son manuscrit, voilà plus de six mois. Mais le mail est tombé dans sa messagerie sans qu'il s'y attende. Juste pour le plaisir, il sort son smartphone de sa poche, le connecte, recherche le mail magique qu'il a reçu du secrétariat de la Direction Régionale de la Police Judiciaire et que, bien sûr, il a sauvegardé.

« Monsieur,

Nous avons l'honneur de vous annoncer que votre manuscrit « **Fuite mortelle** *» a été sélectionné parmi les trois finalistes par le jury du prix du Quai des Orfèvres composé de 22 membres, dont des policiers, magistrats, avocats et journalistes.*
Nous vous invitons le samedi 16 novembre à 15 h 00 à la Préfecture de Police de Paris, 36 rue du Bastion, pour assister à la proclamation du résultat.
En vous souhaitant d'être l'heureux élu du prix du Quai des Orfèvres cette année, je vous prie, Monsieur, d'agréer nos plus sincères félicitations.

Bien cordialement,
Augustin Christiani
Président du jury
Directeur de la Police Judiciaire
de la Préfecture de Police de Paris »

Bien qu'il ait mémorisé ce message, impossible de ne pas jubiler en le relisant. Quel bonheur ! Quel plaisir énorme ! Quelle satisfaction ! Après ses succès auprès des lecteurs, peut-être son neuvième manuscrit sélectionné lui permettra-t-il d'avoir un second prix littéraire après le prix Renaudot reçu l'an passé ! Qui plus est, le prix du Quai des

Orfèvres ! Son premier roman policier peut-être primé. Un rêve éveillé pour lui.

Le métro pénètre et ralentit à la station « Porte de Clichy ».

James éteint son smartphone. Les portes s'ouvrent et il descend sur le quai parmi d'autres voyageurs. Il regarde sa montre… 12 h 30 ! Il préfère être en avance afin de repérer où est située la Préfecture de Police. À la réception du message, il s'est empressé d'évaluer la distance entre la station « Porte de Clichy » et le 36 rue du Bastion où se trouve le secrétariat du prix : six cent cinquante mètres, soit environ huit minutes à pied.

Dès qu'il se retrouve à l'extérieur du métro sur la rue Fragonard, il se dirige vers l'avenue de la Porte de Clichy qu'il atteint rapidement et qu'il remonte en direction du boulevard périphérique jusqu'à la boulangerie-salon de thé « *Merci Jérôme Batignolles* ». Là, il s'engage à gauche sur la rue André Suarès en direction de la rue du Bastion. Deux minutes plus tard, il est face à l'immense façade bleutée et il a l'impression qu'elle est prête à fondre sur lui, l'avaler, l'engloutir, le dévorer. Il sourit. Juste l'effet de son imagination comme symbole du prix qu'il recevra peut-être…

Sur le mur blanc, à droite de l'entrée, l'inscription en relief le fascine :

Après avoir bien mémorisé l'endroit dans son esprit, il décide de revenir sur ses pas et d'aller manger un morceau à la boulangerie-salon de thé devant laquelle il est passé en venant.

Lorsqu'il parvient devant la terrasse, il s'y installe sans hésiter, pour profiter encore un peu des quelques rares rayons de soleil de novembre. Une serveuse vient lui apporter un menu et il commande une part de quiche lorraine, un chausson aux pommes et un jus de pamplemousse bio.

Peu après avoir été servi, il boit une gorgée, s'apprête à attaquer sa part de quiche, quand un homme passe à quelques mètres de lui et le reconnaît.

— James Atkins ? Quelle surprise !

Dans un premier temps, James ne resitue pas le personnage.

— Vous ne me reconnaissez pas ? Richard Meyer... Vous me remettez ? Je suis écrivain, comme vous...

— Richard Meyer ?... Mais, oui, bien sûr ! Pardonnez-moi de ne pas vous avoir reconnu immédiatement...

— Ce n'est pas grave. Nous avons été sélectionnés tous les deux avec trois autres auteurs pour la finale du prix Renaudot. C'était pile il y a un an.

— Oui, tout à fait ! Mais je vous en prie, asseyez-vous ! Vous voulez boire quelque chose ?

Richard Meyer regarde sa montre.

— Ce n'est pas de refus, mais je vous demande cinq minutes, je vais juste repérer où se trouve la Préfecture de police...

— Non... Ne me dites pas que vous êtes sélectionné pour le prix du Quai des Orfèvres...

— Ben... si ! Mais comment pouvez... Non, ne me dites pas que vous l'êtes aussi...

James ne peut faire autrement que de lui adresser un sourire pour confirmer ce que Meyer vient de supposer.

— Oh, non, ce n'est pas vrai !
— Si je vous assure. Je suis d'ailleurs aussi allé voir où se situait la Préfecture. Je suis convoqué à

15 h 00.

— Tout comme moi. Eh bien, ça alors, quelle coïncidence !

— Allez, asseyez-vous ! La Préfecture est à deux minutes à pied. Que voulez-vous boire ? Vous avez mangé ?

— Oui, oui, merci. Par contre, je veux bien un café.

James appelle la serveuse à proximité et commande deux cafés.

— Alors, vous savez sans doute que nous ne sommes plus que trois finalistes, dit Richard Meyer.

— Bien sûr ! Excusez-moi ! Je termine ma quiche...

— Je vous en prie. Bon, j'espère que cette fois, le prix ne me passera pas sous le nez.

— Allons, soyons déjà satisfaits que nos manuscrits aient été sélectionnés...

— Pour vous, c'est facile de raisonner ainsi avec le prix Renaudot dans vos bagages. Je suppose que vos ventes se sont envolées ?

— Je ne peux pas dire le contraire.

— Combien ? Cent mille ?

James esquisse un léger sourire.

— Cent vingt mille ?

Nouvelle pause de James. Plein d'orgueil intérieur, il lâche en chuchotant.

— Nous avons dépassé les trois cent mille en juin !
— Trois cent mille ! Punaise, j'espère parvenir à en vendre autant un jour. Vous savez quel éditeur publiera le prix du Quai des Orfèvres ?
— Je crois qu'il s'agit de *BlackNovel Éditions*.
— Vous avez déjà travaillé avec eux ?
— Non. C'est une maison qui ne fait que dans le polar. Et là, c'est mon premier. Et vous ?
— J'en suis à mon septième. Les deux premiers ont été publiés en autoédition par une maison allemande. J'ai eu la chance que les quatre suivants aient été publiés par *NewInk Éditions*, une petite maison franco-anglaise, mais les ventes cumulées n'ont pas dépassé les cinquante mille exemplaires.
— C'est déjà bien. Félicitations !
— Bah ! À côté de vous, ce n'est pas grand-chose. Mais là, je crois sincèrement au manuscrit que j'ai proposé. Je croise les doigts pour recevoir ce prix qui lancerait vraiment ma carrière.
— Je vous le souhaite. Il est temps de boire nos cafés, ils vont être froids. Vous avez quel âge ?
— Quarante ans ! Et vous ?
— Quarante-deux!
— Alors, j'espère avoir atteint vos ventes dans deux ans...

— Vous y parviendrez.
— Je l'espère. Tout va dépendre de ce prix...

James sort son portefeuille et en extrait sa carte de visite.

— Tenez ! Ce sont mes coordonnées. Vous pourrez m'avertir lorsque vos ventes se seront envolées.
— Merci. J'espère avoir l'opportunité de le faire.
— Et pourquoi pas ?
— Si j'obtiens le prix !
— Allez ! Nous allons le savoir bientôt...

Alors qu'il termine son café, James ne peut s'empêcher intérieurement d'espérer que son manuscrit sera le meilleur. Le prix du Quai des Orfèvres serait vraiment un plus à son palmarès. Si son premier polar était ainsi plébiscité, il ne doute pas une seconde que sa réputation d'auteur, déjà bien installée, le propulserait encore plus haut sur les marches de la gloire.
Richard Meyer regarde à nouveau sa montre.

— 14 h 30 ! On devrait peut-être arriver un peu en avance, vous ne croyez pas ?
— Eh bien, allons-y ! Je vais régler les cafés.
— Non, laissez ! C'est pour moi, dit James. Pardon, Mademoiselle, je peux avoir l'addition, s'il vous plaît ?

— Je vous l'apporte de suite, réplique la serveuse qui débarrassait une table voisine.

Une fois la note réglée par James, les deux hommes prennent la direction du fameux 36 rue du Bastion et se rapprochent en silence de la Préfecture, perdus dans leurs pensées...
Le prix est à deux pas.

***

La salle de réception de la Préfecture de Police est très animée. Outre les trois prétendants au prix du Quai des Orfèvres, sont présents de nombreux membres du personnel, mais aussi des journalistes de la presse écrite et radiophonique et une chaîne publique de télévision. Les conversations semblent ne jamais devoir s'arrêter quand soudain une voix annonce :

— Mesdames, Messieurs, le Directeur de la police judiciaire !

Augustin Christiani fait son entrée, entouré par l'ensemble des membres du jury sous les applaudissements. Il se dirige vers un pupitre muni d'un micro. Aussitôt le silence s'établit et il prend la parole.

— Mesdames, Messieurs, en tant que président du jury pour la remise du prix du Quai des Orfèvres, j'aurai l'honneur de vous annoncer dans quelques instants le nom du lauréat. Mais avant ça, j'aimerais appeler les trois finalistes par ordre alphabétique afin qu'ils se présentent. Je dois dire que le vote du jury a été très serré, en tout cas, aucun des trois n'a démérité.

Nouveaux applaudissements.

— J'appelle donc maintenant le premier auteur. Il s'agit de Monsieur James Atkins... Monsieur Atkins, s'il vous plaît...

James rejoint le directeur sur l'estrade sous les applaudissements et se place à côté de lui.

— Bonjour Monsieur. Votre roman a pour titre « *Fuite mortelle* », n'est-ce pas ?
— C'est exact !
— Alors, je rappelle que Monsieur Atkins est bien connu dans le monde littéraire, pour avoir remporté notamment le prix Renaudot l'année dernière. Combien de livres avez-vous écrits, Monsieur Atkins ?
— Huit. Celui que je vous ai proposé est le neuvième.

— Et sur l'ensemble de votre production, combien de romans policiers ?

— Au risque de vous décevoir, c'est mon premier.

— Sinon avez-vous un genre de prédilection ?

— Celui que me souffle mon imagination. Les thématiques sont plutôt variables : l'amour, les biographies, la guerre, l'étude sociale, le destin...

— Merci, Monsieur Atkins. Le second auteur se nomme Michaël Fournier. Son roman s'intitule « *Un témoin peu ordinaire* ». Monsieur Fournier, s'il vous plaît, voulez-vous me rejoindre...

Un jeune homme blond d'une trentaine d'années s'extrait timidement du public et monte sur l'estrade sous les applaudissements du public.

— Bonjour, Monsieur Fournier. Je crois qu'il s'agit de votre quatrième roman...

— Oui, tout à fait.

— Tous des romans policiers ?

— Non, comme Monsieur Atkins, c'est le premier. Les genres abordés dans mes trois précédents romans sont le fantastique, l'aventure historique et un thriller.

— Parfait. Merci pour ces informations. Je vais appeler maintenant notre dernier finaliste, Richard Meyer, pour son roman « *Balle perdue, mais pas pour tout le monde* »...

L'auteur rejoint les deux autres auteurs sous de nouveaux applaudissements.

— Bonjour, Monsieur Meyer. Et vous, combien de livres avez-vous écrits ?
— Sept, avec celui que je vous ai proposé.
— Et dans quels genres ?
— Toujours le même, le roman policier.
— Et avez-vous déjà obtenu un prix ?
— J'ai failli. J'ai été sélectionné pour le prix Renaudot l'an dernier, mais, comme vous l'avez précisé, en même temps que Monsieur Atkins.
— Alors, il ne me reste qu'à vous souhaiter bonne chance. Mesdames, Messieurs, cent soixante-douze manuscrits ont été reçus cette année par le secrétariat du prix du Quai des Orfèvres qui, je le rappelle, a été fondé en 1946 par Jacques Catineau, personnalité du monde de la communication et ami de la police et de la magistrature. Les manuscrits ont fait l'objet d'une première sélection. Les trois manuscrits retenus ont été soumis anonymement aux jurés qui ont voté à bulletin secret. Le jury s'est déterminé bien évidemment sur l'intérêt littéraire des textes, mais également sur le réalisme et la crédibilité des histoires selon le fonctionnement de la police et de la justice françaises. Je dois préciser que le roman primé a été publié par **Black-Novel Éditions**, représentées par son directeur, Monsieur René de Montajuy, ici présent, avec un

tirage initial de cinquante mille exemplaires qui seront disponibles dans les librairies dès demain. Maître Cornillet à mes côtés, huissier de justice, est détenteur de l'enveloppe sous scellé avec le nom du lauréat. Eh bien, je crois que le moment est venu, Maître, de nous dévoiler le résultat du vote. C'est à vous...

— Merci, Monsieur le Directeur. Je tiens toutefois à préciser que le manuscrit primé a été remis à Monsieur de Montajuy dans le plus grand secret selon un document officiel qui stipule notamment la non-diffusion publique du titre du roman et du nom de son auteur avant la remise du prix.

— Merci, Maître, il était utile de le préciser. Voilà, maintenant, à vous de jouer !

L'huissier de justice sort une enveloppe d'une poche intérieure de sa veste, la décachette et en extrait un carton qu'il s'apprête à lire, avec un lent regard sur la salle, histoire de ménager un temps de suspense.

Un silence religieux tombe sur le public.
La tension des trois lauréats est palpable.
Puis l'huissier met fin au supplice.

— Le prix du Quai des Orfèvres est attribué cette année à Monsieur James Atkins pour son roman « *Fuite mortelle* ».

Un immense applaudissement général et des bravos fusent dans la salle à la proclamation du résultat et tous ne regardent plus que James qui arbore un large sourire de satisfaction. Le directeur de police reprend alors la parole.

— Monsieur Atkins, j'ai l'honneur et le plaisir de vous remettre, selon notre règlement, votre diplôme ainsi qu'un chèque de 777 euros.

Nouveaux applaudissements. James est sur un nuage, tout sourire, et se prépare mentalement à prendre la parole.

— Un petit mot, Monsieur Atkins ?
— Avec plaisir ! Je vous avouerai que c'est une surprise et une grande satisfaction pour moi de voir mon premier roman policier récompensé par ce prix. J'aimerais féliciter les deux autres auteurs d'être parvenus à la sélection finale avec moi et je remercie sincèrement le jury. Vraiment !
— Vous le méritez, Monsieur Atkins, ne vous y trompez pas ! Mesdames et Messieurs, je vous invite à vous rendre dans le salon officiel des réceptions pour déguster une coupe de champagne en l'honneur de notre lauréat avec qui vous pourrez échanger à loisir.

***

Des journalistes de radios parisiennes posent des questions au lauréat, enregistrent ses commentaires et ses réactions. Ceux de la presse écrite prennent des notes. Les flashs des appareils photo crépitent. Puis, James est pris à part pour être filmé et interviewé par un journaliste de la chaîne publique présente. Un peu après, une fois que l'espace se libère autour de lui, le directeur de la police s'approche et lui tend une coupe de champagne.

— Je crois que vous n'avez pas encore eu le temps d'arroser l'évènement... Alors, à vous et à votre prix, Monsieur Atkins, avec toutes mes félicitations !
— Merci, Monsieur le Directeur. C'est un honneur.
— Je dois vous avouer que, personnellement, votre roman m'a beaucoup touché. Non seulement parce qu'il y a beaucoup d'humanité, mais aussi pour la cohérence et la justesse de l'enquête. Vous devez certainement avoir des connaissances dans le milieu judiciaire pour que votre roman soit aussi crédible. Je me trompe ?

— Non, tout à fait. J'ai un cousin qui vit maintenant au Brésil et qui a été par le passé lieutenant au 36 quai des Orfèvres. Je lui ai envoyé le manuscrit pour qu'il le lise et qu'il puisse éventuellement me donner son avis. Ça me semblait important.

— Et vous avez eu raison. Je vous laisse. Je crois que de nombreuses personnes souhaitent vous féliciter. Encore à votre prix, Monsieur Atkins, ajoute le directeur en trinquant une nouvelle fois avec James. Je vous souhaite beaucoup de succès avec ce roman et de nombreuses ventes.
— Merci, Monsieur le Directeur.

Et comme le pressentait Augustin Christiani, ils sont nombreux à entourer James, pour trinquer avec lui, le féliciter et échanger quelques mots.
Au bout d'une heure, la cérémonie touche à sa fin, et la plupart des invités quittent le salon. Au moment où James s'apprête à aller saluer le directeur avant de partir, Richard Meyer vient vers lui avec deux coupes de champagne.

— Eh bien, mon a... ami, vous n'allez pas pa... partir sans trinquer avec m... moi à votre victoire...

Alors que James accepte, il ne peut s'empêcher de penser, à ses difficultés d'élocution et à cette amitié soudainement affichée, que Meyer, lui, n'en est pas à sa première coupe.
— Fé... félicitations pour votre p... prix, cher ami, ce fut un g... grand moment !
— Merci. Vous n'êtes pas trop déçu ?

Richard Meyer ne réplique pas immédiatement,

mais fixe James droit dans les yeux, avec une intensité qui ne laisse planer aucun doute sur la rancœur qu'il ressent.

— Déçu ? Moi ? Vous p... p... plaisantez ! Je suis vert de rage. C'est la... la seconde fois qu... qu'un prix me passe sous le nez par votre f... faute. Mais vous... vous savez quoi, Atkins ? Non ? Non, b... bien sûr, v... vous ne savez pas... Eh bien, je vais vous... vous le dire. Sans que vous vous y attendiez, un j... jour je me vengerai et vous serez aux premières loges...
— Allons, que voulez-vous dire par vengeance ?
— Ah, ah ! Surprise, Monsieur le lau... lau... lauréat ! Main... maintenant, je vous... je vous laisse. Et à bientôt ! Com... com... comptez sur moi !

Richard Meyer vide sa coupe d'un seul trait, et prend le chemin de la sortie. Médusé par la scène qu'il vient de vivre, James ne peut pas s'empêcher de penser que l'excès d'alcool a un effet négatif sur Meyer, et qu'il a certainement noyé sa déception dans le champagne.
Il décide de tourner la page sur cette histoire de vengeance que, à son avis, Meyer aura oubliée lorsqu'il aura retrouvé ses esprits. Il pose sa coupe qu'il n'a pas bue sur une table, et se dirige vers le directeur en conversation avec deux membres du

jury. En voyant James approcher, il s'interrompt pour s'adresser à lui.

— Vous nous quittez, Monsieur Atkins ?
— Oui, Monsieur le Directeur. Je voulais vous remercier encore une fois ainsi que les membres du jury et vous saluer.

L'un des deux hommes avec qui Augustin Christiani discutait pose sa main sur le bras de James.

— Monsieur Atkins, c'est nous qui vous remercions de nous avoir offert ce roman génial qui laissera assurément des traces dans le monde littéraire et dans celui de la justice.
— Vous me flattez, Monsieur. Je suis touché.
— Eh bien, bonne soirée ! Monsieur Atkins, conclut le directeur.
— Nul doute qu'elle sera excellente.
— Alors, à bientôt, Monsieur Atkins ! J'espère que nous aurons l'occasion de nous revoir. D'ailleurs, vous pouvez passer quand vous voulez. Vous serez toujours le bienvenu. En tout cas, tenez-nous au courant des ventes de votre roman, que j'espère record par rapport à ceux qui ont été primés par le passé.
— Je n'y manquerai pas. Bonsoir, Messieurs !
— Bonsoir, Monsieur Atkins !

***

Alors qu'il pousse les portes vitrées de la sortie et qu'il se retrouve sur l'esplanade, James se retourne une dernière fois pour apprécier l'ensemble des bâtiments bleus et blancs. Son regard se porte quelques secondes sur le mur avec le sigle de la Direction Régionale de la Police Judiciaire et, ravi, ne peut s'empêcher une ultime pensée, à la fois proche de l'étonnement et de la satisfaction.

C'est incroyable ! Et dire que c'est moi qui ai reçu le prix du Quai des Orfèvres !

Un large sourire aux lèvres, il se retourne et prend la direction du métro.

2.

Un an plus tard, James est épuisé par cette longue période de dédicaces en librairies, d'invitations dans des émissions littéraires sur différentes chaînes à la télévision, de rencontres dans des bibliothèques avec ses lecteurs et même d'interventions à la Sorbonne à la demande de professeurs de lettres qui ont réussi à le convaincre d'échanger avec leurs étudiants. Et bien sûr, le tout lié à son prix Renaudot et son prix du Quai des Orfèvres.

Alors qu'il savoure la perspective de se retrouver chez lui avec un agenda dans lequel seuls deux rendez-vous se profilent, il sort de la station Fontenoy et passe devant le cinéma « Le Brady ». Machinalement, il regarde les deux films à l'affiche. Dans le contexte politique et conflictuel du moment, il se promet d'aller voir prochainement le premier, « *Le déserteur* », de Dani Rosenberg sur un jeune soldat israélien. Et sans savoir pourquoi, le titre du second film programmé, « **Ghost rider : l'esprit de** *vengeance* », un film fantastique de 2012 le renvoie à sa dernière rencontre avec Richard Meyer lors de sa remise du prix du Quai des Orfèvres.

Pendant l'année écoulée, les mots de l'auteur-finaliste à ses côtés lui sont revenus parfois à l'esprit.

Sans que vous vous y attendiez, un jour je me vengerai et vous serez aux premières loges...

Bien sûr, à chaque fois, il a mis sur le compte du champagne cette promesse, comme James l'avait supposé, que Meyer aura sans doute oubliée le lendemain, une fois dégrisé. Puis avec le temps, toute cette scène a été rangée aux oubliettes.

Mais là, voir le mot « vengeance » imprimé sur l'affiche a ravivé l'émoi ressenti au cours de cette fameuse soirée. Décidément, un moment qui l'aura marqué.

Allez, ce n'est plus qu'un mauvais souvenir...

Cinq minutes plus tard, il retrouve avec plaisir son appartement.

***

Allongé sur la banquette de son salon, il

savoure ce calme reposant tout en lisant encore plusieurs articles qui lui ont été consacrés dans différents journaux et revues accumulés pour le plaisir.

Et pour titiller encore une fois son égo, il se repasse en replay quelques émissions dans lesquelles il a été invité, même s'il les connait maintenant par cœur.

Au bout d'une semaine de lectures diverses et de rétrospectives télévisuelles, une sensation bizarre de désœuvrement s'installe progressivement dans son esprit. Soudain, l'évidence s'impose : il doit écrire.

Mais bon sang, comment j'ai pu faire pour rester aussi longtemps sans créer, inventer, imaginer ?

Pour la première fois depuis un an, fébrile, il s'installe à son bureau, connecte son ordinateur et lance son logiciel d'écriture.

La barre d'outils s'affiche en haut de l'écran.

Une page blanche bien centrée, juste en dessous.

Sur la première ligne, le curseur clignote.

Rien ne vient. C'est le calme plat.

Il secoue la tête et grimace.

Mais que je suis nul ! Jamais je n'ai commencé

directement un roman sur l'ordinateur...

Il met cette erreur grossière dans son processus de créativité sur le compte de l'année éreintante qu'il vient de passer à cause de son emploi du temps surchargé.
Il éteint son ordinateur.
Ouvre le tiroir de son bureau.
Sort une feuille. Son stylo à plume. Referme le tiroir.
Ôte le capuchon du stylo.
Et écrit en haut de la feuille :

Vendredi 8 novembre, nouveau ro...

Mince ! Plus d'encre !

Il ouvre à nouveau le tiroir, saisit la boîte de cartouches, dévisse le stylo, ôte la cartouche vide et la remplace par une neuve, froisse la feuille qu'il jette à la corbeille posée au sol près de ses jambes sous le bureau, en sort une autre du tiroir et écrit :

Vendredi 8 novembre, nouveau roman

Il reste quelques minutes, le stylo entre les doigts, les yeux fixés sur sa courte phrase.

Non, ce n'est pas possible. Ça ne m'est jamais arrivé...

Rien ne vient.
Il doit s'aérer l'esprit.
Il ouvre la porte-fenêtre de son bureau qui donne sur le balcon.
Manque de chance ! Il pleut !
Retour à l'intérieur.
Fermeture de la porte-fenêtre.
Il songe qu'un an sans écrire lui a fait perdre ses automatismes.

Du calme ! Reprends-toi !

Il va au bar du salon, se sert un verre de whisky, boit une gorgée et retourne s'asseoir au bureau, regarde la feuille avec l'unique phrase qu'il a écrite :

Vendredi 8 novembre, nouveau roman

Il trouve très énervant de lire et de relire ces seuls mots qui le narguent.
Il déchire la feuille et la jette à la corbeille.
Ouverture du tiroir. Nouvelle feuille.
Cette fois-ci, pas de date, et il estime inutile d'écrire « nouveau roman »

C'est évident qu'il s'agira de mon nouveau roman. N'importe quoi !

    Réflexion... quelques mots... puis quelques phrases... une gorgée de whisky...
    Relecture...
    Rien de concret...
    Que du brouillon !
    Des ratures.
    Il tape du poing sur le bureau...

Merde ! Je dois me concentrer...

    Nouvelle gorgée...
    Une idée jaillit. Début d'un paragraphe.
    Finalement abandonné à la cinquième ligne.
    Il saisit le verre.

Mince ! Vide !

    Il retourne au bar, revient avec la bouteille et se sert un second verre de whisky.
    Feuille chiffonnée, jetée à la corbeille.
    Nouvelle feuille blanche.
    Nouvelles idées griffonnées.
    Puis rayées.
    Troisième verre de whisky...
    Un mot écrit à la hâte en haut à gauche.

Un autre en bas à droite.
Puis encore un autre, au milieu.
Les trois reliés par des flèches.
De nouvelles lignes, un nouveau paragraphe.
Nouvelles ratures violentes.

Non, décidément, ça n'va pas du tout ! Merde de merde !

Un autre verre de whisky...

Peut-être que...

Sa tête tourne.
James pose son stylo.
Puis ses yeux sur la feuille noircie.
Gribouillée. Raturée.

Il enfouit son visage dans ses mains.
Une brume envahit son esprit.
Il doit réagir maintenant.
Avant de sombrer dans le...

Mais non ! Rien ne sortira de son cerveau ce soir.
Comment lui, romancier à succès, médiatisé, peut-il être confronté au syndrome de la page blanche ?

C'est une aberration.

Il se dirige vers sa bibliothèque où sont alignés ses neuf premiers romans, dont le dernier, « *Fuite mortelle* ». Sur la couverture son nom d'auteur lui semble entouré d'un halo d'or... **JAMES ATKINS**... En réalité, il jubile d'avoir créé son pseudo en associant le prénom de son acteur américain préféré, **JAMES** Stewart, dont il a vu tous les films, et le nom du guitariste country-folk, Chet **ATKINS**, dont il possède toute la collection de CD. Mais il est surtout très fier d'avoir écrit ce roman couronné par le prix du Quai des Orfèvres l'année précédente, comme mentionné en lettres blanches sur le bandeau rouge en bas de la couverture.

Il regarde sa montre.

20 h 20 !

Il décide de se changer les idées, faire le vide, évacuer toute forme de stress. Car il est évident qu'il vit une carence d'imagination qu'il n'a jamais connue jusqu'à ce jour.

L'affiche du film « *Le déserteur* » au « Brady » lui revient à l'esprit. Il est programmé à 21 h 00.

Peu après, James Atkins quitte son appartement situé rue de Metz dans le Xe, rejoint le cinéma à deux pas sur le boulevard de Strasbourg et se place dans la file d'attente composée d'une vingtaine de personnes. Au moment où James approche du guichet, une sirène de police se fait entendre, puis semble se rapprocher de l'endroit où il se trouve.

Alors que tout le monde tourne la tête vers le bas de l'avenue à sens unique où un gyrophare apparaît au loin, une Alpine Renault surgit soudain en zigzaguant entre les voitures et la voie réservée aux cyclistes, passe à toute allure devant le cinéma jusqu'à un carrefour où deux files de voitures sont en attente au feu rouge.

James est sidéré.

Complètement chamboulé.

Dans sa tête, l'émotion est à son paroxysme, et il ne peut s'empêcher de lâcher intérieurement :

Nom de Dieu ! L'Alpine… Les flics… !!!

Une nouvelle fois par la voie réservée aux cyclistes, la voiture de sport accède au feu rouge qu'elle grille, et d'un violent coup de frein se place en travers du carrefour. Alors qu'une Peugeot 5008 avec un gyrophare sur le toit progresse au loin, le chauffeur de l'Alpine démarre sur les chapeaux de roue en faisant crisser les pneus, puis disparaît sur la droite dans la rue du Château d'Eau à une seule voie et en sens interdit. Vingt secondes plus tard, la Peugeot 5008 de la police s'y engage également. Alors que les deux véhicules ne sont plus visibles et que les personnes médusées dans la file d'attente devant « Le Brady » se remettent en place face au guichet, au loin des coups de frein suivis d'un choc et d'un fracas de tôles laissent supposer, de toute évidence, qu'un accident s'est produit. La suite devient hallucinante : portes qui claquent, cris, moteur qui rugit, coups de feu, démarrage en trombe.

Quelques instants plus tard, la ville retrouve son ambiance habituelle.

Devant le cinéma, c'est la consternation. Un homme de la file est parti se renseigner dans la rue du Château d'Eau. Les autres personnes, complètement sidérées, discutent à propos de la scène à laquelle elles viennent d'assister.

Pas James.
Il est tétanisé.
Pâle.

Lorsque l'homme revient devant le cinéma, il sait, aux regards curieux dont il est l'objet, qu'il doit rapporter ce qu'il a appris auprès des témoins qu'il a rencontrés.

— Un Berlingo qui venait de la rue du Faubourg Saint-Martin a percuté l'Alpine. J'ai pris des photos... Regardez !...

Quelques personnes autour de lui, dont James, jettent un œil sur l'écran de son smartphone et ont confirmation de ce qu'il vient de dire.

— Il y a eu des blessés ?
— Non, personne. Le chauffeur n'a pas traîné apparemment. On m'a dit qu'il est descendu de l'Alpine endommagée avec un sac en cuir à la main, puis il s'est précipité sur une Skoda bloquée à cause du Berlingo accidenté. Il en a ouvert la portière, puis il a braqué le conducteur avec une arme et lui a demandé de descendre. Il a pris sa place au volant, a fait une marche arrière et a disparu dans la rue du Faubourg Saint-Martin.
— Et les coups de feu, demande une dame de la file, c'était qui ?
— Un homme qui a tout vu m'a dit qu'il s'agissait des policiers qui ne pouvaient passer à cause des voitures accidentées au milieu de la rue et ce sont eux qui ont tiré en l'air...
— Pourquoi en l'air ?
— Pour ne blesser personne. Il y avait du monde sur les trottoirs... Et d'après ce que l'on m'a dit, ils ne pouvaient surtout pas tirer sur la Skoda...
— Et pourquoi ?
— Il y avait une passagère à bord. C'était la femme du conducteur que le chauffeur de l'Alpine a braqué et qui a été contraint de descendre...
— Elle n'a pas pu s'échapper avant qu'il démarre ?
— Je suppose qu'elle devait être affolée. De ce fait, le chauffeur est devenu un preneur d'otage

involontaire et...

Il est interrompu par l'employée du cinéma au guichet.

— Excusez-moi, mais le film va commencer dans cinq minutes...

La file se remet en place peu à peu. Puis lentement, chaque personne munie de son ticket se dirige à l'intérieur vers les salles.
Pas James. Il s'est éloigné du cinéma. Il se sent mal.
Perturbé au plus haut point.
Il doute complètement de la scène à laquelle il vient d'assister. Comment cela est-il possible ?
Tout était pourtant si réel.
Un effet de son imagination d'écrivain ?
Pourtant, il se sent très mal à l'aise.
Et pour cause.
Ce qu'il a vu devant le cinéma et ce qu'a rapporté l'homme qui est allé voir ce qui s'était passé dans la voie à sens unique, il connait.
Par cœur.
Bien qu'il refuse cette réalité, il sait qu'il la connait parce que cela correspond à une scène qu'il a imaginée, puis écrite dans son roman publié depuis un an par *BlackNovel Éditions*, et récompensé

par le prix du Quai des Orfèvres. Telle qu'elle vient de se dérouler devant ses yeux.

À peine de retour à son appartement, James s'allonge sur son lit, tout habillé, après avoir pris deux somnifères. Les images de poursuite le hantent. Comment toute l'action a-t-elle pu se dérouler comme il l'a décrite un an plus tôt dans son roman ? Une coïncidence ?

Trop facile. Son imagination peut-elle être prémonitoire ? Ou bien alors...

Absurde.

Sans qu'il en prenne conscience, la suite de ses suppositions s'évanouit sous les effets des somnifères.

**

Lorsqu'il ouvre les yeux, son regard se porte sur son radio-réveil... **10 h 20 !**

Il se lève d'un bond pour aller prendre une douche. Sous la pluie du pommeau, ses idées commencent à devenir plus claires. Une seule chose à faire lui semble pertinente.

À peine est-il dans la cuisine qu'il se fait couler un double expresso et se rend à son bureau, la tasse fumante à la main.

À l'entrée, il se fige à la vue des gribouillis de la veille, de débuts de textes raturés, de mots reliés par des flèches dans tous les sens.

Il soupire. Avec calme, il pose sa tasse sur le bureau, puis ramasse toutes les feuilles qu'il froisse et jette dans la corbeille.

Ensuite, il avance à nouveau vers la bibliothèque, en extrait son dernier roman primé, revient à son bureau sur lequel il le pose, puis s'assoit dans son fauteuil en cuir. Alors qu'il boit une gorgée de café, son regard se focalise sur la première de couverture :

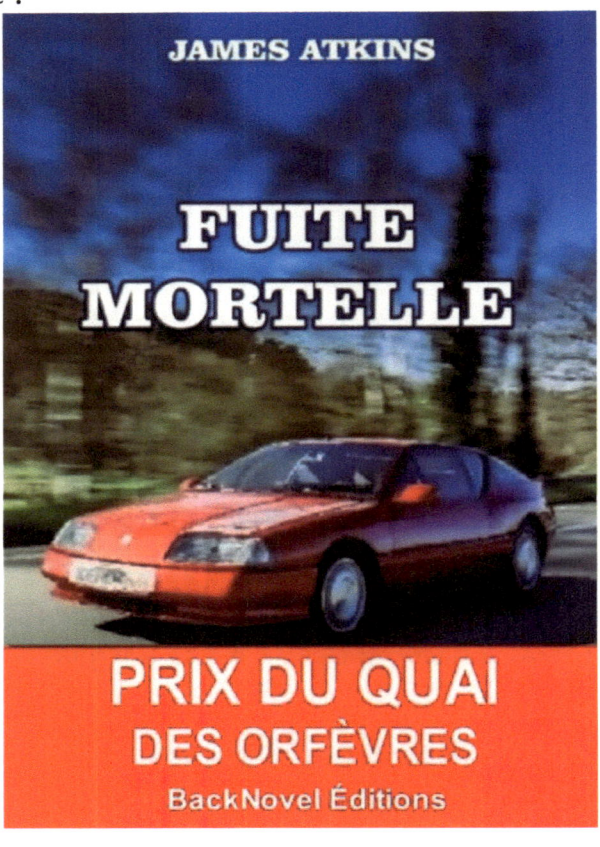

3.

Il pose sa tasse sur le bureau.
Prend le livre.
Observe quelques secondes encore la couverture.
C'est maintenant qu'il va savoir s'il s'agissait d'un rêve ou de la...

Mais qu'est-ce que je raconte... bien sûr, que c'est la réalité... C'est ce que j'ai écrit... C'est moi qui ai imaginé cette scène... Alors ?

Bien décidé à comprendre, il ouvre le livre et tourne rapidement les pages qu'il lit en diagonale à la recherche d'un passage bien précis.
Et soudain, un mot lui saute au visage : *gyrophare !*
Il est comme hypnotisé.
Il sait qu'il a trouvé le passage qu'il cherchait.
Il doit le lire.

Presque effrayé par ce qu'il sait qu'il va retrouver, il inspire profondément et souffle longuement l'air de ses poumons, reprend le livre, le retourne, et commence à lire l'extrait spécifique de son roman, mais cette fois-ci, avec attention...

***

... et aussitôt après avoir quitté la banque, son sac de voyage en cuir bourré de billets à la main, Sam Burton court vers l'Alpine volée, garée à proximité, la déverrouille et ouvre la portière. Il lance son sac sur le siège passager et son cœur se met à cogner dans sa poitrine au moment où il entend une sirène de police au loin qui, sans aucun doute, se rapproche de la banque.

— Merde, les flics !

D'un bond, il s'installe au volant de l'Alpine, met le contact, lance le moteur, passe la première et déboîte sur l'avenue dans le flot de la circulation sur le boulevard de Strasbourg, ce qui entraîne des coups de frein et de klaxons rageurs.

Tout en zigzaguant entre les véhicules, il jette un œil dans le rétroviseur et aperçoit le gyrophare de la Peugeot 5008 de la police qui semble se rapprocher, sirène hurlante.

En jouant avec les pédales d'embrayage, de freins et d'accélérateur, main gauche sur le volant et la droite sur le levier de vitesse, il doit absolument les semer.

— Quelle connerie d'avoir piqué une Alpine

rouge ! Ils doivent me repérer de loin ! Mais bon, je vais leur montrer que je peux les semer avec les 300 chevaux qui sont sous le capot...

D'un passage sur la droite, suivi d'un passage sur la gauche, il parvient à éviter deux voitures sans les toucher.

– Quelle chance d'être en sens unique !... Merde !...

À cent mètres de lui, il voit deux files de véhicules en arrêt à un feu rouge qui occupent toute l'avenue.

Impossible à doubler. Impossible à éviter par les trottoirs. Trop de monde. La voie pour cyclistes ! Personne ! Go...

Alors qu'il a grillé le feu rouge, il appuie à fond sur la pédale de frein, donne un de coup de volant et se retrouve immobilisé en travers de la chaussée.

D'un coup d'œil à droite par la vitre de la portière passager, au-delà des deux files toujours à l'arrêt, il aperçoit le gyrophare qui surgit entre les deux dernières voitures qu'il a évitées.

En face de lui, une rue en sens interdit sans circulation apparente.

– Go !

Débrayage, première, embrayage, accélération, crissement de pneus. Sam Burton lance l'Alpine, seconde, troisième... et croise les doigts pour que personne n'arrive en face.

Alors qu'il réussit à progresser d'une centaine de mètres, il lance un regard rapide au rétroviseur...

— Merde !

Le gyrophare apparaît. La Peugeot 5008 de la police s'engage également dans la rue à contresens.

— Les tarés !

Alors qu'il s'apprête à atteindre la rue du Faubourg Saint-Martin, un Berlingo utilitaire de plomberie surgit et s'engage face à lui. Les deux conducteurs freinent, tentent de s'éviter, mais leurs véhicules s'encastrent dans un fracas de tôles. Sans perdre un instant et un peu étourdi, Sam Burton descend de l'Alpine avec laquelle il ne peut plus s'enfuir.

Son sac de billets à la main, il se précipite vers une Skoda qui vient de s'arrêter, bloquée par le Berlingo, ouvre la portière et, un revolver à la main, exige du conducteur qu'il descende. Terrifié face au canon braqué à quelques centimètres de son visage, l'homme n'ose pas bouger. Sans hésitation, Sam le tire par le bras à l'extérieur de son véhicule, balance son sac en cuir sur le siège passager et prend sa place au volant. Alors qu'il exécute une marche arrière, il aperçoit le gyrophare de la Peugeot 5008 bloquée par les deux véhicules accidentés dans la rue du Château d'Eau, deux policiers qui en descendent, revolvers en mains et qui tirent en l'air. Évidemment... trop de monde dans la rue !

Sam Burton démarre et disparaît dans la rue du Faubourg Saint-Martin.

C'est seulement après s'être éloigné que, stupéfait, il remarque une femme recroquevillée sur le siège passager, toute tremblante, son sac en cuir sur les genoux, les

mains posées sur sa bouche, comme pour ne pas crier.
— Vous... vous êtes qui, vous ?
— Je... je... je suis la femme du... du monsieur à qui vous... vous avez demandé de... sortir...
— Merde ! Merde ! Merde ! lâche-t-il en tapant simultanément ses mains sur le volant.
Il réfléchit deux secondes.
— Détachez votre ceinture !
— Pour... pourquoi voulez-vous que...
— Ne discutez pas ! Détachez votre ceinture ! Allez !
La femme s'exécute.
— Bien. Vous voyez la porte, là-bas ?
Regard de la femme devant elle.
— Heu... oui...
— Je vais vous y déposer. Balancez mon sac à l'arrière !...
La femme s'exécute.
— Préparez-vous à descendre !
— Je...
— Ne discutez pas, merde !
En dix secondes, la Skoda parvient sur la place Edmond-Michelet dominée par la porte Saint-Martin surnommée l'archet Saint-Merri, et Sam Burton se gare le long du trottoir.
— Allez, dehors ! Vite !
Sans demander son reste, la femme ouvre la portière et descend rapidement. Avant qu'elle ait eu le temps de la refermer, Sam Burton démarre sur les chapeaux de

roue, laissant la femme désemparée par ce qu'elle vient de vivre, mais soulagée d'être en vie, loin de cet énergumène...

La Skoda a disparu rapidement dans la circulation. La femme appelle son mari avec son téléphone.

— Ça va ? Tu es où, demande-t-il ?
— Oui, oui, ça va. Il m'a fait descendre à la place Edmond-Michelet...

Elle entend son mari qui répète hors téléphone ce qu'il vient d'entendre.

— Ne bouge pas ! La police arrive...
— Et toi ?
— Tu n'es pas très loin. Reste là, je viens te retrouver à pied...

Peu après, la Peugeot 5008 qui a réussi à dépasser les deux véhicules accidentés apparaît rue du Faubourg Saint-Martin, s'approche de la femme qui signale du bras sa position. Elle ralentit et s'arrête à sa hauteur. Vitre baissée, un policier lui demande :

— Vous allez bien, Madame ?
— Oui, oui, merci.
— Vous savez où est partie la Skoda ?
— Par-là ! répond-elle, en montrant le boulevard Saint-Denis.

Gyrophare et sirène en action, la Peugeot 5008 démarre et s'éloigne dans la direction indiquée.

***

Sidéré, bouleversé, James lève la tête et le regard défocalisé, revit la scène à laquelle il a assisté devant le cinéma. Il entend encore le rapport de l'homme qui est allé voir ce qui s'était passé dans la rue en sens interdit.

— Mais... comment est-ce possible, lâche-t-il à voix haute ?

Sa conclusion, complètement délirante, confirme ce qu'il avait pressenti : à quelques détails près, tout est écrit dans son roman.

Mais des points l'obsèdent... Une Alpine ? le Berlingo ?... La Skoda qui entre dans l'action comme il l'avait imaginée, et avec laquelle s'enfuit son personnage qu'il a nommé Sam Burton... Et que s'est-il passé en réalité avec la femme qui était dans la Skoda ? Comment le savoir ? Ne pas demander à la police évidemment... Les journaux ?... Trop tôt ! Facebook ? Oui, peut-être !

Il s'empare de son smartphone, le connecte et une fois l'écran allumé, tape d'un doigt sur le logo de l'application. Images et textes apparaissent, qu'il fait défiler jusqu'à ce qu'une photo attire son attention, car il l'a déjà vue. Il s'agit de l'Alpine rouge encastrée dans le Berlingo telle que leur a montré le type du cinéma qui est allé chercher des informations dans la rue du Château...

Il survole le texte joint qui résume l'action de la veille jusqu'à ce qu'il trouve la réponse à la question qu'il se posait...

... et l'homme et la femme à bord de la Skoda ont disparu sur le boulevard Saint-Martin en direction de la place Edmond-Michelet.

James est décontenancé...
La scène s'est terminée comme dans son roman !

— C'est de la folie, lâche-t-il à haute voix ! Comment une telle coïncidence est-elle possible ?

Il regarde le nom de l'auteur du rapport qu'il vient de lire... Hannibal Lecter ! Le nom du personnage principal interprété par Anthony Hopkins dans le « Silence des agneaux »...
Il en conclut qu'il s'agit d'un pseudo...
La photo de l'auteur représente une tête d'agneau masquée d'un papillon. Il se souvient que c'était ainsi qu'était représentée Jodie Foster sur l'affiche originale. Sans doute un adepte du film.

À cet instant, la sonnette à l'entrée de son appartement retentit. Il se dirige vers la porte, regarde par le judas... Deux hommes en imper qu'il ne connaît pas. Il ouvre la porte.

— Bonjour, oui, c'est pour quoi ?

L'un des deux hommes présente une carte sur laquelle il est en photo avec un ruban tricolore en haut à gauche et la mention « POLICE » inscrite en lettres rouges.

4.

— Bonjour, Monsieur ! Nous sommes de la police. Lieutenants Valette et Brossard. Vous êtes bien Michel Verdier ?
— Heu... Atkins... James Atkins !
— Oui, ça, c'est votre pseudonyme d'écrivain. Mais à l'état civil, vous êtes bien Michel Verdier...
— Heu... oui, c'est moi.
— Nous aimerions nous entretenir avec vous ? Pouvons-nous entrer ?
— Oui, oui, je vous en prie, réplique James.

Il ouvre largement la porte et s'efface pour laisser passer les deux policiers. Alors qu'ils attendent dans le couloir, James referme la porte, puis les rejoint.

— Si vous voulez bien me suivre...

Il les conduit jusqu'au salon et les invite à

prendre place sur une banquette.

— Voulez-vous un café ?
— Non merci.

James s'assoit dans un fauteuil face aux deux lieutenants. Brossard prend la parole.

— Si nous sommes là, Monsieur Verdier...
— Atkins !
— Si vous préférez. D'ailleurs, c'est même préférable, car c'est l'écrivain que nous sommes venus interroger. Êtes-vous au courant de ce qui s'est passé hier soir sur le boulevard de Strasbourg et dans la rue du Château d'eau dans le Xe ?

Pourquoi mentir ? Aucune raison !

— Je suppose que vous voulez parler de la poursuite de l'Alpine par la police, puis de l'accident avec une camionnette, et la fuite de l'homme en Skoda avec la femme du conducteur ?

Les deux Lieutenants se jettent un coup d'œil, puis Brossard enchaîne.

— Je vois que nous avons un formidable témoin...

— Écoutez, Messieurs, ne tournons pas autour du pot. Je suppose que si vous êtes là, c'est pour comprendre la raison pour laquelle cette scène que j'ai écrite dans mon roman, **Fuite mortelle**, s'est déroulée quasiment à l'identique hier ?

— Exactement ! Avez-vous une explication ?

— Non, absolument pas ! Mais je pense qu'il ne s'agit pas d'une coïncidence...

— Nous non plus ! Avez-vous un compte sur Facebook ?

— Heu... oui, comme tout le monde.

— Sous quel nom ?

— Mon nom d'écrivain... James Atkins...

— Avez-vous un autre compte, disons, plus anonyme ?

Dubitatif, James dévisage successivement les deux lieutenants et saisit le sens de la question.

— Sans doute croyez-vous que j'ai créé cet autre compte et choisi Hannibal Lecter comme pseudo ?

— Ah, je vois que vous êtes au courant...

— Oui. J'ai cherché à comprendre comment s'est terminée la scène d'hier à laquelle j'ai assisté alors que je m'apprêtais à aller au cinéma. J'ai trouvé par hasard le compte-rendu sur ce compte Facebook appartenant à celui qui a choisi sans

aucun doute Hannibal Lecter comme pseudonyme.
— Tout comme nous !

James est sidéré par la réplique du lieutenant.

— Ah ? La police enquête sur Facebook, maintenant ?

Les deux lieutenants se regardent un instant et Brossard adresse un signe de tête à son collègue. Valette prend un temps de réflexion avant de donner l'explication à James.

— Monsieur Atkins, si nous avons regardé sur Facebook, c'était pour trouver des indices sur ce qui s'est passé...
— La voiture de police n'a pas rattrapé le conducteur de l'Alpine ?

Les deux lieutenants se regardent à nouveau. Cette fois-ci, c'est Brossard qui poursuit.

— Monsieur Atkins, je vais vous expliquer pourquoi la scène d'hier et celle que vous avez écrite dans votre roman ne sont pas une coïncidence.

Courte pause, puis Brossard enchaîne, comme si ce qu'il allait dire lui coûtait.

— Voyez-vous, Monsieur Atkins, la police n'était pas sur place hier, car...
— Ah, mais si, elle...
— Veuillez ne pas m'interrompre, je vous prie, c'est déjà assez compliqué comme ça. La Peugeot 5008 n'appartenait pas à la police. L'Alpine et le Berlingo accidentés étaient des voitures volées. La Peugeot 5008 également, tout comme la Skoda. Les quatre voitures ont été retrouvées brûlées sur un parking isolé à Montfermeil.
— Il n'y avait pas de policiers dans le coin qui auraient pu être alertés par l'accident, les coups de feu ?
— Non, la manifestation qui avait lieu sur la place de la République à 18 h 00 a mobilisé un grand nombre de policiers. Et de toute façon, la scène avec l'Alpine s'est déroulée en quelques minutes.
— Et les acteurs de la scène ?
— Les faux policiers, conducteurs de l'Alpine, du Berlingo, de la Skoda, la femme enlevée, tous ont disparu.
— Et le sac du conducteur de l'Alpine ?
— C'est le seul point qui ne correspond pas à la scène de votre roman...

— Pourtant, l'homme qui est allé voir dans la rue du Château a bien dit qu'il avait un sac en cuir avec lui quand il s'est enfui avec la Skoda...

— C'est vrai. Mais il devait être vide. Car contrairement à ce que vous avez imaginé dans votre roman, aucune banque n'a été dévalisée.

— Comment ? Vous êtes sûr ?

— Certain. Vous comprenez maintenant, Monsieur Atkins, pourquoi nous sommes si persuadés que ce n'était pas une coïncidence. Toute cette scène est une copie conforme à celle que vous avez écrite. Un roman que j'ai lu avec beaucoup de plaisir, d'ailleurs. Je ne rate aucun prix du Quai des Orfèvres. C'est la raison pour laquelle nous avons pu rapidement faire le rapprochement, l'attaque de la banque en moins.

— Mais alors pourquoi toute cette mise en scène ?

— C'est la question que nous nous posons également, et nous espérions en venant vous voir que vous nous auriez apporté une réponse.

— Je suis désolé, mais je suis dans le brouillard le plus complet. Peut-être des jeunes qui ont voulu se croire au cinéma... ou dans mon livre. En tout cas, je peux vous assurer qu'assister dans la réalité à une scène que j'ai imaginée dans un roman, ça ne m'est jamais arrivé. Et c'est complètement renversant.

— Nous vous croyons, Monsieur Verdier...
— Atkins ! Atkins !
— Vous y tenez, hein, à votre pseudonyme d'écrivain, ajoute Brossard en souriant.
— Plus que ça, Lieutenant ! Mon esprit en est tellement imprégné que je suis James Atkins. Ma vie est guidée par James Atkins. Mon corps respire par James Atkins. Ma peau...
— Merci, c'est bon. Nous avons compris. Eh bien, nous allons vous quitter, Monsieur... Atkins...
— Alors tout s'arrête là ?
— Oh que non ! Une enquête a été diligentée par le procureur. La police est sur les dents. Les témoins de la scène de la rue du Château vont être interrogés. Des recherches ont déjà été effectuées pour connaître les véritables propriétaires des voitures volées, savoir où elles étaient stationnées. Nous avons six personnes à identifier : les deux faux policiers, le conducteur de l'Alpine, celui du Berlingo et le couple de la Skoda. Nous espérons que les témoins auront repéré des particularités physiques chez les acteurs de la scène. Si de votre côté des éléments vous reviennent, avertissez-nous. Je vous laisse mes coordonnées au cas où.
— Vous savez, j'ai relu le passage de mon roman. Tout ce que j'ai vu en ville concordait avec ma scène inventée. Je ne vois pas ce qui pourrait me revenir à l'esprit.

— Peut-être une hypothèse sur cette similitude entre imagination et réalité. Allez, merci, Monsieur... Atkins !

— Je vous en prie. Si vous avez de votre côté un éclairage à m'apporter, je suis preneur. Je vous laisse ma carte avec mes coordonnées.

— Comptez sur nous ! conclue Brossard en prenant la carte.

— Je vous raccompagne.

Suivi par les deux lieutenants, James se dirige dans le couloir jusqu'à la porte de l'appartement qu'il leur ouvre.

— Je pense que nous nous reverrons, lance Brossard. Alors à bientôt !

— Au revoir, Messieurs !

Une fois la porte refermée, James cherche quels motifs pourraient faire revenir les deux policiers chez lui. Et d'un seul coup, il se sent envahi par une drôle de sensation, liée au souvenir d'un épisode qu'il avait complètement occulté : la vengeance que lui a laissé sous-entendre Richard Meyer voilà un an, lors de la remise du prix du Quai des Orfèvres ? Se pourrait-il que ce soit lui qui ait tiré les ficelles de toute cette mise en scène, imitation quasiment intégrale de celle de son roman ?

Non, c'est absurde ! Je n'ai aucune preuve ! J'aurais l'air fin d'aller voir les deux lieutenants si en plus ce n'était pas lui... Ma carrière en prendrait un sacré coup...

***

James se dirige presque à contrecœur vers son bureau où il sait qu'il va retrouver ses brouillons et le vide de son imagination.

Soudain, il se fige au milieu du couloir.

Une idée vient de lui traverser l'esprit. Ce qu'il sait être un éclair de génie.

Un élément déclencheur servi sur un plateau.

Il tient là le thème de son prochain roman.

Il en est certain. Grâce à ce qu'il vient de vivre.

Bien sûr, cela demande beaucoup de réflexion, de recherches.

Une mise à plat sur le papier est nécessaire. Il va s'asseoir à son bureau, prend une nouvelle feuille, son stylo et écrit l'idée de base qui lui est venue à l'esprit.

***

Un écrivain écrit le premier chapitre d'un roman policier...

À la sortie d'une école, un enfant est

enlevé par son père qui n'en a pas eu la garde après son divorce par décision de justice. Tout est mis en œuvre par la police pour le retrouver.

Il est finalement repéré dans la maison d'un village cernée par la police et dans laquelle il s'est enfermé avec son fils.

Le capitaine essaie de lui faire entendre raison, en vain. Alors que la maison va être prise d'assaut, deux coups de feu à dix secondes d'intervalle retentissent. Lorsque les policiers défoncent la porte et pénètrent à l'intérieur, ils trouvent le père et son fils morts, étendus sur le sol.

Le lendemain, alors qu'il a écrit son premier chapitre, l'écrivain assiste à l'enlèvement d'un enfant à la sortie d'une école, et abasourdi, prend conscience que cela correspond à ce qu'il a écrit.

Il se rapproche du capitaine de la police qu'il a repéré avec ses hommes qui cernent la maison où le père s'est enfermé avec son fils. L'écrivain fait lire son chapitre au capitaine qui, perplexe, ne donne pas malgré tout l'ordre de l'assaut afin d'éviter le drame qu'il a lu.

Il décide d'être alors plus psychologue et fait venir la mère de l'enfant. Et c'est elle qui va réussir à convaincre son ex-mari de relâcher leur fils.

Le drame est évité, l'enfant retrouve sa mère et le père est arrêté.

***

Au point final, James sait qu'il tient vraiment le fil conducteur de son roman. Dans le second chapitre, il imagine que l'écrivain décrit une autre scène qui va également se dérouler le lendemain dans la réalité. Satisfait, il écrit une dernière phrase :

<u>Fil conducteur</u> : les scènes de chaque chapitre qu'écrit l'écrivain dans son roman se réalisent le lendemain dans la vraie vie.

James est satisfait. Il ressent la même jubilation comme chaque fois qu'il est persuadé d'avoir la bonne idée, le bon thème, le bon élément déclencheur. Mais après la scène qu'il a vécue, près du cinéma, il sait qu'il doit écrire ailleurs, loin d'ici. Certes, il est tout à fait conscient que la similitude entre son roman et la scène à laquelle il a assisté en partie, même s'il n'en a pas l'explication, est à l'origine de l'idée de son prochain roman.

Et même une sacrée idée !

Il ne lui reste plus qu'à décider où aller pour écrire. Il lui faut un endroit inspirant, et surtout éloigné de Paris où ce qu'il vient de vivre l'a déstabilisé, bien que cela lui ait permis de faire naître l'idée de son prochain roman.
Après quelques secondes de réflexion, il sait.
Ce sera Casteil, dans les Pyrénées orientales, un petit village au départ duquel il est monté à pied autrefois avec ses parents, lors de la visite de l'abbaye bénédictine de Saint-Martin du Canigou, au pied du massif du même nom. Juste un billet d'avion à acheter et un coup de fil à ses amis enseignants pour leur demander s'ils peuvent lui prêter la résidence secondaire qu'ils possèdent là-bas et qu'ils n'occupent que pendant les vacances. En novembre, il ne devrait pas y avoir de problème...

5.

Une voix le tire de son sommeil...

— *Mesdames et Messieurs, nous allons atterrir dans quelques instants à l'aéroport de Perpignan-Rivesaltes. La température est de 28°. Nous vous souhaitons un bon séjour et espérons vous revoir bientôt sur Transavia.*

James n'en revient pas. Il ne se souvient pas d'avoir fait sa valise, d'être allé à Orly, d'être monté à bord du Boeing. Il en déduit que le sommeil dans lequel il a sombré avait inconsciemment pour but de reléguer aux oubliettes le traumatisme provoqué par la scène vécue devant le cinéma.

Il regarde par le hublot et voit avec beaucoup de plaisir la Méditerranée qui s'étend au large de la côte du Roussillon, juste avant que l'avion, dans un demi-tour à 180°, ne survole Perpignan puis remonte sur Rivesaltes pour se poser dans le sens de la piste d'atterrissage de l'aéroport annoncé.

Après avoir récupéré sa valise et son ordinateur portable, il quitte l'avion, sort de l'aéroport et se dirige vers les taxis en attente de clients. Il s'approche du premier de la file et s'adresse au chauffeur plongé dans la lecture de « *l'Indépendant* », le journal local.

— Bonjour, vous êtes libre ?

Le chauffeur baisse son journal, tourne la tête vers celui qui lui pose une question aussi débile, et réplique d'un air narquois en catalan :

— *Oh, no, estic espérant que tots els taxis que hi ha darrere meu hagin marxat!*[1]
— Pardon ?
— Non, rien. Montez ! lui lance le chauffeur en descendant pour ranger sa valise dans le coffre.

Puis il se réinstalle au volant.

— Quelle adresse ?
— À Casteil ! Rue de la Cicerole, s'il vous plaît...

---

[1] Eh non, j'attends que tous les taxis derrière moi soient partis !

Ravi de l'opportunité de cette course de soixante kilomètres, le chauffeur démarre en souriant.

— Casteil... C'est parti !

Les villes et villages dont James voit les panneaux le long de la nationale 116, Millas, Ille-sur-Têt, Vinça et son lac, Prades, Villefranche-de-Conflent, le renvoient au trajet des vacances de son enfance avec ses parents à Vernet-les-Bains. Et lorsque le chauffeur le sort de ses souvenirs, le taxi ralentit dans la rue de la Cicerole à Casteil, et s'arrête au pied de la maison de ses amis.

— Voilà, nous sommes arrivés. Ça fera cent-trente euros...

Après avoir été réglé par James, le chauffeur descend pour lui donner sa valise, le salue, remonte dans son véhicule, démarre et s'éloigne en direction de Perpignan.
Sans attendre, James pénètre dans la maison de ses amis dont la porte a été ouverte par la voisine, prévenue par ses amis de son arrivée.
Dans la pièce de vie à l'étage, elle a même allumé un feu dans l'âtre, la maison n'étant plus occupée ni chauffée depuis fin août. Mais sans doute

grâce à cette flambée, la température est agréable en ce mois de novembre.

Il ne lui reste plus qu'à s'installer.

**

Assis à la table face à la fenêtre avec vue sur la vallée du Cady, petite rivière torrentueuse qui descend du massif du Canigou, traverse Casteil, puis Vernet-les-Bains, Corneilla-de-Conflent avant de se jeter dans la Têt à Villefranche, James sort son ordinateur portable. En attendant la connexion, il recherche la feuille manuscrite sur laquelle il a rédigé à Paris les quelques lignes générées par l'idée de son prochain roman.

Il ne la trouve pas !

Il a beau fouiller la sacoche, la feuille est introuvable. Stupeur !

Comment j'ai pu l'oublier ? C'est impossible, elle doit être ailleurs...

Et de chercher dans sa valise, dans les poches de sa veste, à nouveau dans la sacoche de son ordinateur. Mais il doit se rendre à l'évidence, elle est introuvable.

Bon, ce n'est pas grave ! Je l'ai encore bien en tête. Une idée comme celle-là, c'est sûr, elle est gravée dans mon cerveau.

Il regarde son ordinateur et savoure de le voir maintenant connecté...

Il lance son logiciel d'écriture et retrouve aussitôt ses points de repère traditionnels : la barre d'outils en haut de l'écran, et une page vierge centrée juste en dessous avec le curseur clignotant en attente sur la première ligne.

Un petit temps de réflexion pour se remémorer la ligne directrice de son idée, et même pour visualiser l'ensemble des lignes qu'il a rédigées chez lui.

Il ferme les yeux.

Il sent l'odeur de l'encre.

Il visualise les deux premières phrases...

Un écrivain écrit le premier chapitre d'un roman policier.
À la sortie d'une école, un enfant est enlevé par son père qui n'en a pas eu la garde après son divorce par décision de justice...

Et aussitôt les mots qui feront basculer son roman s'imposent d'eux-mêmes...

Le lendemain, alors qu'il a écrit son premier chapitre, l'écrivain assiste à l'enlèvement d'un enfant à la sortie d'une école, et abasourdi, prend conscience que cela correspond à ce qu'il a écrit.

Songeur, James est complètement persuadé que cette idée est géniale. L'élément déclencheur est vraiment fondé sur la similitude entre ce qu'il a écrit dans « **Fuite mortelle** » et la scène qu'il a vue devant le cinéma confirmée à la fois par le post du dénommé Hannibal Lecter sur Facebook, et par le rapport des lieutenants Brossard et Valette.

Au diable la feuille oubliée.
Sa mémoire sans faille a tout enregistré.

Il est prêt.

Il regarde l'écran.
Pose ses doigts sur le clavier.
Choisit sa police de prédilection.
La taille des caractères.
Un dernier moment de réflexion.
Il visualise l'introduction de son roman.
Tout peut maintenant commencer...

***

Prologue

Marcel Maréchal, Jean-Michel Ferrand à l'état civil, ne pouvait que sourire de satisfaction au regard de la couverture de son dernier roman policier récompensé par le prix du Quai des Orfèvres...

***

James cesse de taper et relit à l'écran sa phrase...

J'adore ce pseudonyme ! Mais il faudrait que j'explique aux lecteurs comment il m'est venu, bien qu'il soit évident que certains auront compris le jeu de mots. Mais au moins, ça donnera un côté humoristique. Et puis il est inutile de lui attribuer un quelconque prix. Les critiques ne manqueraient pas de souligner mon égotisme pour avoir osé rappeler mon propre prix dans un roman.

Sûr de lui, après quelques secondes de réflexion, James poursuit sur sa lancée...

***

Jean-Michel Ferrand, alias Marcel Maréchal, ne pouvait que sourire en pensant à son pseudonyme, qu'il avait choisi après s'être rappelé que « Maréchal » était le surnom que lui donnaient tous ses camarades de classe, un rapprochement mesquin avec « Ferrand », son véritable nom à l'état civil... Et pourtant, à l'époque, quel supplice ! Mais aujourd'hui, l'avoir choisi pour sa carrière d'écrivain reconnu, avec comme prénom « Marcel » en hommage à l'un de ses grands-pères, était un joli pied de nez à ses copains d'école. Et c'est d'ailleurs en se replongeant dans les souvenirs de cette époque qu'une idée commença à germer dans son esprit.

Il se souvenait de David Martel, un de ses camarades dont les parents étaient séparés. Et ce qui remontait des souvenirs de Marcel et qui l'avait beaucoup marqué, c'était la souffrance de David d'être le seul de la classe à avoir des parents qui ne vivaient pas ensemble.

Alors qu'habituellement, il rentrait seul chez lui à la sortie de l'école, un jour, son père était venu le chercher et il n'était jamais revenu.

Jean-Michel se souvenait très bien des hypothèses que tous les gamins avaient échafaudées. L'un d'eux avait même émis l'idée que David était sans doute mort. Heureusement, peu après l'instituteur avait rétabli la vérité qui soulagea tous les enfants. Les parents de David s'étaient remis ensemble et avaient déménagé pour recommencer une vie ailleurs. Pour Marcel, s'être remémoré cet épisode, avec surtout la fausse hypothèse que David devait être mort, allait servir de base à son roman. Mais pas avec cette identité, bien évidemment !

***

Après avoir relu le texte, James sait qu'il est sur la bonne voie. Rien ne pourra plus le faire dévier de la ligne qu'il a choisie.
Il réfléchit quelques secondes et relance ses doigts sur le clavier…

***

Excité par le bouillonnement de son imagination, Marcel se dirigea vers son bureau où l'attendait son ordinateur, qu'il n'éteignait jamais pour être certain d'entrer rapidement la moindre idée susceptible de surgir.
Après avoir tapé le titre « Chapitre 1 », il

attaqua le texte qu'il avait en tête...

L'heure de la sortie allait sonner. Les élèves suivaient d'un œil la grande aiguille qui mettait un temps fou à atteindre le 12 de l'horloge murale accrochée au-dessus du tableau. C'est alors que Monsieur Demy, l'instituteur, s'adressa à eux.

— Les enfants, l'année scolaire est finie. Je suis persuadé que vous attendiez ce grand moment avec impatience. J'aimerais vous dire combien j'ai été heureux de la passer en votre compagnie et je suis satisfait qu'il n'y ait aucun redoublement. Je souhaite aux élèves de CM2 une bonne sixième l'année prochaine. Quant à vous, mes chers amis de CM1, j'aurai le plaisir de vous retrouver encore pour un an en CM2. Eh oui, ainsi va la vie ! Allez, je vous souhaite de passer de très bonnes vacances.

Tous rangèrent leurs affaires et quittèrent la salle de classe en passant devant le maître avec les mots habituels répétés autant de fois qu'il y avait d'élèves : « Au r'voir, M'sieur ! ».

Une fois dans la cour, tous firent la course avec l'ambition d'être le premier sur le trottoir, synonyme de liberté.

Alors que dans un groupe, chacun racontait l'endroit prévu de ses vacances avec ses parents, l'un d'entre eux, Daniel Josserand, n'écoutait plus ses camarades et regardait ailleurs.

Tous tournèrent la tête dans la même direction que lui et aperçurent un homme inconnu de l'autre côté de la route.

— C'est qui ? demanda Robert.

Après un silence, Daniel lâcha :

— C'est mon père !

— Ton père ? s'exclama Denis, mais je croyais que tes parents étaient divorcés et qu'il n'avait plus le droit de te garder...

Daniel allait répondre, mais n'en eut pas le temps, car son père lui fit signe de le rejoindre d'un geste du bras.

— Salut les gars ! murmura Daniel, je dois y aller. Je vais voir ce qu'il me veut...

Pendant qu'il traversait la route, ses camarades le suivaient des yeux, attentifs à ce qui allait se passer.

Le père de Daniel s'adressa à lui, avec beaucoup de calme en apparence. À un moment, Daniel se tourna vers ses copains, leur adressa un salut de la main, et ils les virent s'éloigner tous les deux vers une voiture dans laquelle ils montèrent avant de disparaître.

Ce que ses copains ignoraient, c'était qu'ils ne reverraient jamais Daniel.

***

James relit son texte depuis le début et savoure son premier jet en rectifiant une ou deux tournures de phrases et en corrigeant quelques coquilles. Pour lui permettre d'envisager la suite, il décide de faire une pause et d'aller s'aérer en remontant à pied le Cady en direction de l'abbaye de Saint-Martin du Canigou, pour autant que l'état du sentier le lui permette.

À peine dehors, il se souvient que le mois de novembre, vu la brume qui envahit le village, n'est pas forcément le mois le plus propice aux promenades montagnardes en sous-bois.

À contrecœur, il rentre à la maison, monte à l'étage, s'assied à nouveau devant son ordinateur et relit pour se remettre dans le bain l'ensemble du texte affiché. Dès qu'il a terminé, il est convaincu d'être conforme au projet dont il a écrit le synopsis chez lui à Paris.

Et là, il sait que l'heure de se lancer dans le récit de l'enfermement de Daniel dans une maison de village par son père est arrivée.

Hop !
Doigts sur le clavier, et...
... c'est parti !

***

Daniel ne comprenait pas. Pourquoi son père le gardait-il enfermé ? Il essuya deux larmes qui roulaient lentement sur ses joues. Il allait revenir le voir. Il en était persuadé.

Effectivement, lorsqu'il entendit la clef tourner dans la serrure, il savait. Son père entra avec un plateau, sur lequel se trouvait une assiette remplie de pâtes, un verre d'eau, une fourchette, un couteau et un yaourt avec une cuillère.

— Tiens, bonhomme, c'est pour toi !
— J'ai pas faim.
— Il faut que tu manges, c'est important pour rester en bonne santé.
— Rester en bonne santé ? Oui, mais pour quoi faire ? Je ne peux même pas sortir alors.
— Bientôt.
— Pourquoi tu m'enfermes ?

Son père ne répondit pas immédiatement. Il se força à lui sourire.

— Je ne t'enferme pas, bonhomme, je te protège.
— Tu me protèges ? Mais de quoi ?

Il ne pouvait lui dire qu'il le protégeait de l'étouffement de sa mère et de la domination quasi obsessionnelle de ses grands-parents maternels. Il ne comprendrait pas. Comment lui dire qu'il voulait le garder pour lui, après toutes ces années où lui, son père, avait été exclu de son enfance.

— Je veux te protéger parce que je t'aime, tu vois.

— Comment tu peux m'aimer, on n'a pratiquement jamais été ensemble.

— Mais si, tu sais. J'ai vécu avec toi pendant les deux premières années de ta vie.

— Moi, je ne m'en souviens plus. Pourquoi t'es pas resté après ?

Il ne pouvait pas contourner la réalité. C'était le moment de lui avouer.

— Parce qu'avec ta maman, on ne pouvait plus vivre ensemble...

— Oui, ça, je sais. Mais pourquoi ?

Cette fois, son père savait qu'il ne pouvait pas lui avouer qu'il avait trompé sa mère, qu'elle s'en était aperçue et qu'elle avait entamé devant un juge une procédure qui s'était soldée par leur divorce. En plus, il n'avait pas obtenu la garde de Daniel. Même une garde alternée lui avait été refusée. Alors qu'il cherchait une manière de contourner la réalité, il sursauta quand il entendit venant de l'extérieur une voix dans un mégaphone :

— *Monsieur Josserand ! C'est la police ! Nous savons que...*

6.

James cesse de taper sur son clavier, car son smartphone se met à vibrer. Il regarde l'écran. Numéro inconnu. Il hésite un instant à répondre puis, finalement, prend la communication.

— Allo ?
— *Bonjour Monsieur Verdier. Lieutenant Brossard à l'appareil...*
— Ah, bonjour, Lieutenant ! Vous avez du nouveau ?
— *Ah, pour du nouveau, oui, nous en avons !*
— Vous avez trouvé les auteurs de la mise en scène qui se sont inspirés du passage de mon roman ?
— *Ah, non, pas du tout. Monsieur Verdier...*
— Atkins... Je suis James Atkins !
— *Ce n'est plus l'heure d'imposer votre pseudonyme dans notre relation, Monsieur Verdier. Dites-moi,*

vous êtes bien à Casteil dans les Pyrénées orientales en ce moment ?

— Heu... oui... mais comment pouvez......

— *Laissez-moi terminer ! Et vous y faites quoi à Casteil, si ce n'est pas indiscret ?*

— Oh, mais bien sûr que non, enfin, pas du tout ! réplique James, passablement énervé. Je me suis retiré dans cet endroit isolé pour écrire mon prochain roman.

— *Et votre prochain roman, vous pouvez m'en dire quelques mots ?*

James inspire en profondeur pour se calmer.

— Oui, bien sûr, mais que cela reste entre nous. C'est l'histoire d'un écrivain qui écrit l'histoire d'un enfant qui a été enlevé par son père et alors qu'il est enfermé avec lui dans une maison d'un village isolé...

— *... la police va cerner la maison, le coupe le lieutenant Brossard, et pour ne pas être arrêté, le père va tuer son propre fils et ensuite se suicider. C'est exact ?*

James est sidéré par ce qu'il vient d'entendre.

— *Monsieur Verdier ? Vous êtes là ?*
— Oui... oui... je... je vous écoute... Co... comment pouvez-vous connaître le... le sujet de mon

prochain roman alors que... que je suis en train de l'écrire ?

— *Pour deux raisons, Monsieur Verdier. La première, nous avons reçu par courrier une feuille écrite de votre main et qui résume votre roman...*

— Mais... mais... je... n'ai rien envoyé du tout...

— *La feuille, Monsieur Verdier, était dans une enveloppe qui nous était destinée avec vote propre adresse d'expéditeur au dos. Qui, à part vous, aurait pu nous l'envoyer ?*

— Mais enfin, c'est ridicule. Ce n'est pas moi...

— *Je l'ai sous les yeux. Écoutez et s'il vous plaît, ne m'interrompez pas !...*

« Un écrivain écrit le premier chapitre d'un roman policier. À la sortie d'une école, un enfant est enlevé par son père qui n'en a pas eu la garde après son divorce par décision de justice. Tout est mis en œuvre par la police pour le retrouver. Il est finalement repéré dans la maison d'un village cernée par la police et dans laquelle il s'est enfermé avec son fils. Le capitaine essaie de lui faire entendre raison, en vain. Alors que la maison va être prise d'assaut, deux coups de feu à dix secondes d'intervalle retentissent à l'intérieur de la maison.
Lorsque les policiers défoncent la porte et pénètrent dans la maison, ils trouvent le père et son fils morts, étendus sur le sol. »

— *Ça ne vous dit toujours rien, Monsieur*

Verdier ?

— Si... bien... bien sûr ! C'est... c'est bien le sujet du roman que j'écris en ce moment, mais je vous jure que je ne vous ai jamais envoyé cette feuille.

— *L'avez-vous écrite, oui ou non, Monsieur Verdier ?*

— Oui, bien sûr, c'est bien moi qui l'ai écrite puisque c'est le sujet de mon roman. Mais quel aurait été mon intérêt de vous en envoyer la trame ?

Sans répondre à son interrogation, le policier poursuit.

— *Bien, ceci, comme je vous l'ai dit en préambule est la première raison de mon appel.*

— Et la deuxième ?

— *Je vous lis la suite de votre texte sur la feuille que vous nous avez envoyée...*

— Mais je vous ai dit que...

— ... vous ne l'aviez pas envoyée. Oui, je sais. Il n'empêche que vous avez reconnu l'avoir écrite et aujourd'hui, elle est entre nos mains. Je continue la lecture...

« *Le lendemain, alors qu'il a écrit son premier chapitre, l'écrivain assiste à l'enlèvement d'un enfant à la sortie d'une école et, abasourdi, prend conscience que cela correspond à ce qu'il a écrit...* »

— *Cela vous parle-t-il toujours, Monsieur Verdier ?*

— Oui, bien sûr, puisque je me suis inspiré de la similitude entre le passage de mon roman « **Fuite mortelle** » et la scène qui s'est déroulée à Paris devant le cinéma.

— *Oui, sauf que là, nous avons un problème, Monsieur Verdier, et pas des moindres.*

— Que voulez-vous dire ?

— *Connaissez-vous, pas très loin de l'endroit où vous vous trouvez actuellement le petit village de Sahorre ?*

— Heu... oui, je crois. Il me semble que c'est dans le coin...

— *À six kilomètres exactement !*

— Mais pourquoi me parlez-vous de Sahorre ?

— *Vous connaissez également Vernet-les-Bains, je suppose ?*

— Évidemment, puisque je suis obligé d'y passer pour aller à Casteil... J'y ai aussi passé mes vacances avec mes parents lorsque j'étais gamin.

— *Bien. Figurez-vous qu'il y a là une école primaire.*

— Comme dans la plupart des bourgs de cette taille, je suppose...

— *Monsieur Verdier, êtes-vous marié ?*

— Non, je suis célibataire.

— *Pas d'enfants non plus ?*

— Non, puisque je vous dis que je suis

célibataire...

— *Allons, Monsieur Verdier, je ne vais tout de même pas vous apprendre qu'on peut faire des enfants sans être marié...*

— Mais enfin, où voulez-vous en venir, Lieutenant ?

— *Je vais vous le dire, Monsieur Verdier. Un gamin de onze ans, Jordi Guardiola, en classe de CM2 à l'école primaire de Vernet-les-Bains, a été enlevé il y a deux jours par son père qui, par décision de justice, n'en avait pas la garde depuis ses deux ans.*

— C'est une blague ?

— *J'aimerais bien, Monsieur Verdier. Le père s'est enfermé dans une maison du village de Sahorre. La police a cerné la maison pour demander à Guardiola de relâcher son fils. Sans aucune réponse de sa part, le capitaine a donné l'ordre à ses hommes de prendre la maison d'assaut.*

— NON ! Ne me dites pas que...

— *Que pensez-vous que je vais vous dire, Monsieur Verdier ?*

— L'enfant et son père ne sont pas morts ?

Une légère pause marque un suspense intolérable pour James.

— *Non, ils ne sont pas morts. Alors que la maison était cernée par la police, un écrivain est intervenu auprès du capitaine. Et à votre avis qu'a-t-il pu faire ?*

James n'est pas idiot. Il sait. Tout correspond à ce qu'il allait écrire à propos de l'écrivain de son roman. Il ne comprend pas comment cela est possible, alors qu'il n'en est même pas encore à ce passage. La scène a juste été ébauchée dans son synopsis entre les mains de la police. Il doit absolument savoir comment sa feuille leur est parvenue.

Mais enfin, qui a pu se la procurer et l'envoyer par courrier avec moi comme expéditeur ?

— Il lui a fait lire la scène qu'il avait imaginée dans son propre livre ?
— *Exactement ! Et le capitaine qui est quelqu'un d'intelligent n'a pas donné l'ordre à ses hommes de prendre la maison d'assaut. Avec sa finesse d'esprit, il a pu, avec l'aide de l'instituteur de Jordi, contacter sa mère. Il lui a expliqué la situation. C'est elle qui est intervenue et qui a réussi à faire en sorte que le père se rende et restitue l'enfant.*

James ne sait plus dans quel monde il vit. Le sien ou celui de son imagination dans lequel est né l'écrivain de son roman ?

— *Désolé, Monsieur Verdier. Nous allons vous*

demander de remonter à Paris. Nous devons absolument vous entendre de vive voix et prendre votre déposition.

— Mais pourquoi ? Je n'ai rien fait !

— *Non, Monsieur Verdier, mais après le lien entre le passage de votre roman « **Fuite mortelle** » et la scène identique qui a eu lieu à Paris, d'une part, et celui à peine ébauché dans le roman que vous êtes en train d'écrire et le drame qui aurait pu se dérouler à Sahorre, d'autre part, vous devenez notre témoin numéro un.*

— Mais, vous ne pouvez pas m'accuser de...

— *Qui vous parle d'accusation, Monsieur Verdier ? J'ai juste dit que vous étiez notre témoin numéro un dans cette affaire très particulière. Reconnaissez que les coïncidences sont troublantes ! Avez-vous une idée sur l'origine de cette similitude ?*

— Non. Aucune. Mais j'ai la désagréable impression que vous pressentez de ma part une quelconque implication dans ces deux coïncidences...

— *Pour le moment, non.*

— Pour le moment ? Mais nom d'une pipe, ce que j'écris sort directement de mon imagination...

— *Comme n'importe quel écrivain, c'est une évidence. Mais ce que nous voudrions comprendre, Monsieur Verdier, c'est pourquoi ces deux scènes sont la copie conforme de vos écrits.*

— Alors ça, moi aussi ! Mais vous croyez sérieusement que je vais pouvoir vous aider à résoudre cette énigme de fou ?

— *Notre rencontre sera déterminante et permettra sans doute d'éclairer ce mystère. À très bientôt, Monsieur Verdier !*

Après qu'il a raccroché, James ne sait pas à quoi s'attendre en remontant à Paris. La seule chose dont il est persuadé, c'est qu'il pourra vérifier si la feuille avec le synopsis de son roman est chez lui. Ou pas.

7.

Le vol Perpignan-Orly lui a paru interminable. Tout comme le trajet en taxi de l'aéroport jusqu'à son appartement dans le Xe.

Après avoir réglé sa course, il descend, son ordinateur à la main, et le chauffeur lui remet sa valise qui était dans le coffre.

Alors qu'il s'apprête à rentrer dans son immeuble, il entend dans son dos deux portières de voiture qui claquent et aussitôt une voix qui l'interpelle. James se retourne et reconnaît les lieutenants Brossard et Valette. Il remarque que le véhicule dont ils sont sortis est une voiture banalisée.

— Bonjour, Monsieur Verdier ! Merci d'être venu aussi rapidement. Pouvons-nous vous accompagner ?

James ne répond même pas, tant il est sidéré que les deux lieutenants soient déjà devant chez lui. Ils entrent ensemble dans l'immeuble, se dirigent vers l'ascenseur et une fois les portes refermées, James appuie sur le bouton du quatrième étage.

— Vous devez sûrement vous demander pourquoi nous sommes devant chez vous juste pour votre retour ?
— Oui, c'est... déstabilisant.
— Je vais vous le dire. En fait, vous avez été pris en filature par un de nos agents de renseignements depuis Casteil jusqu'à l'aéroport de Perpignan-Rivesaltes. Il nous a communiqué le numéro de votre vol et votre heure d'arrivée à Orly. Là, un autre de nos agents vous a vu prendre un taxi. Nous avons estimé le temps de son trajet jusqu'à votre appartement de trente-cinq à quarante-cinq minutes selon la circulation, ce qui nous a permis d'être là à votre arrivée.

Abasourdi par cette explication, James ne réplique pas. Les portes de l'ascenseur s'ouvrent et, sans répondre, il se dirige vers son appartement, suivi par les deux policiers. Après avoir introduit et tourné la clef dans la serrure, il ouvre la porte, entre et laisse passer les deux lieutenants avant de la refermer.

— Installez-vous ! Je vous demande juste deux secondes, le temps de poser mes affaires et je suis à vous...

— Je vous en prie, faites...

James entre dans son bureau, ôte son imperméable qu'il pose sur le dossier de son fauteuil, l'ordinateur sur son plan de travail et la valise sur le parquet. Il n'a qu'une idée en tête, retrouver la feuille qu'il a oubliée, sur laquelle il a rédigé le synopsis de son roman avec son stylo à plume. Un regard sur le bureau... elle n'y est pas ! Dans ses classeurs... non plus ! Sur les étagères de la bibliothèque... non, pourquoi l'aurait-il posée là ? Alors qu'il s'apprête à rejoindre Brossard et Valette, une idée lui traverse l'esprit... Le tiroir du bureau... Il l'ouvre... Pas de feuille manuscrite ! Il s'empare de son cahier de prises de notes pour s'assurer qu'il n'y a pas glissé la feuille...

Alors qu'il le tient entre les mains, il ne l'ouvre même pas.

La feuille convoitée était là. Au fond du tiroir, sous le cahier.

Il s'en empare, repose le cahier et vérifie qu'il s'agit bien de son texte manuscrit...

Aucun doute !

Il jubile. Cela va lui permettre de prouver aux lieutenants qu'il n'a pas pu la leur envoyer puisqu'il la tient à la main. Avec un sentiment de vainqueur, il retourne dans le salon où les deux policiers sont assis et il s'installe dans le fauteuil qui leur fait face.

— Messieurs, je suis navré de sans doute vous décevoir, mais j'ai la preuve que je ne suis pas l'expéditeur de la feuille que vous avez reçue. La mienne est toujours chez moi. Tenez !

Il la leur tend. Brossard la saisit et commence à lire le texte en même temps que son collègue. Au bout de quelques lignes, ils se regardent. James sait qu'il a marqué un point. Mais il déchante lorsque le lieutenant Valette glisse sa main dans la poche intérieure de son blouson, en sort une feuille qu'il déplie et la lui présente. Sidéré, James en reste bouche bée, car même vue de loin, c'est une copie conforme à la sienne.

— Je... Vous permettez que je jette un œil ?

Le policier lui tend la feuille qu'il saisit pour lire ce qui est écrit.
Quelle n'est pas sa stupeur lorsqu'il constate dès les premiers mots qu'il s'agit bien de son écriture et que l'ensemble du texte identique au sien est écrit à la main avec un stylo à plume.

— Vous pouvez me passer ma feuille, s'il vous plaît ?
— Je vous la montre sans que vous la touchiez. C'est une pièce à conviction.

James n'aime pas ce terme. Il induit dans son vocabulaire d'écrivain, et sans doute aussi dans celui de la justice, une notion de culpabilité. Il garde pour lui son sentiment et place sa propre feuille à côté de celle que tient Brossard. Inutile de relire les deux textes. Ils sont parfaitement identiques.

— Alors ? l'interroge le policier.

James ne sait pas quoi dire tant il est stupéfait. Une idée pourtant lui vient à l'esprit.

— C'est sans doute une photocopie...
— Vous êtes sérieux ?
— Même écriture, la mienne, sur les deux feuilles, même encre, forcément c'est une photocopie !
— Je vais vous prouver que non. Vous pouvez me passer votre feuille ?

James la lui tend, et Brossard pose sur la petite table qui les sépare les deux feuilles côte à côte.
— Vous voyez la première phrase sur la vôtre...

Il la relit à voix haute.

Un écrivain écrit le premier chapitre d'un roman policier...

— Maintenant, regardez bien !

Il pose son index sur sa langue, puis sur la feuille de James et le fait glisser sur « *cier...* », syllabe finale du dernier mot de la phrase...

— Vous voyez... Ça, c'est ce qu'on obtient avec de la salive sur de l'encre originale... Maintenant, regardez ! Je vais faire la même chose sur la feuille que nous avons reçue... Même phrase... Même fin de mot... Si c'est une photocopie, il ne se produira rien... S'il s'agit d'un original, je devrais obtenir la même bavure...

Le policier reproduit exactement sa gestuelle, index sur la langue, puis glissement du doigt sur « *cier...* » de la fin de phrase de la seconde feuille...

— Voilà, Monsieur Verdier, nous avons la preuve que ce sont deux originaux... Vous comprenez maintenant pourquoi nous avons reçu cette feuille...

James entrevoit la conclusion. Sa réaction ne laisse planer aucun doute sur le fait qu'il a compris ce que les policiers voulaient qu'il saisisse de lui-même.

— Vous insinuez que j'ai moi-même écrit le même texte sur une seconde feuille et que c'est moi qui vous l'ai envoyée ?
— On ne peut rien vous cacher, Monsieur Verdier.
— Mais enfin, je vais me répéter, quel intérêt aurais-je eu à vous envoyer cette feuille avec la trame de mon prochain roman ?
— Le problème n'est pas que vous nous avez envoyé cette feuille, Monsieur Verdier, mais que vous souhaitiez nous avertir d'un drame qui allait se dérouler dans la région où vous vous êtes retiré pour écrire votre roman.
— Mais c'est du délire ! C'est complètement fou !
— La folie est bien au cœur du problème, Monsieur Verdier. Nous allons vous demander de nous suivre...

— Vous... vous m'arrêtez ?
— Qui vous parle d'arrestation ? Non, nous allons simplement vous placer en garde à vue.
— En garde à vue ? Mais cela signifie que vous m'accusez d'être à l'origine de tout ça, alors ?
— Qu'entendez-vous par tout ça ?
— Ben, tout ça, quoi ! Vous pensez que je suis à l'origine des deux scènes identiques à celles que j'ai écrites ou que j'avais l'intention d'écrire. Je me trompe ?

Brossard le fixe droit dans les yeux pour lui asséner ce qui, de toute évidence, ressemble à une accusation.

— Nous allons cesser de tourner autour du pot, Monsieur Verdier. Pour l'instant, nous n'avons pas encore assez de preuves. Votre garde à vue avec un de nos experts en psychologie devrait nous conduire à transformer notre intuition en un acte formel d'accusation.
— Et quelle est votre intuition, Lieutenant ?

Le policier se tourne vers son collègue et lui adresse un signe de tête. C'est donc le lieutenant Valette qui prend la parole.

— Monsieur Verdier, comme vous l'a expliqué

le lieutenant Brossard, nous n'avons pas encore de preuves, mais nous pensons que vous êtes à l'origine des deux mises en scène, celle de Paris et celle qui s'est déroulée dans les Pyrénées orientales...

— Mais c'est complètement faux ! Et même si c'était vrai, quelles raisons auraient-elles pu me conduire à ces inepties ?

— J'allais vous le dire, Monsieur Verdier. Nous pensons, mais ce n'est qu'une hypothèse, que ces deux mises en scène avaient comme objectif de doper les ventes de vos romans.

— Pardon ?

— Juste une action à but publicitaire. Il aurait suffi que les médias s'emparent de ces deux mises en scène, et il ne fait aucun doute que les retombées financières vous auraient été plus que favorables.

— Mais c'est complètement dingue !

— C'est ce que nous pensons également, Monsieur Verdier, conclut Brossard. Mais pas dans le même sens que vous. Veuillez nous suivre, s'il vous plaît...

8.

Après la nuit passée en cellule sans qu'il puisse trouver le sommeil, James a été conduit dans une pièce dans laquelle il est seul. Malgré lui, il en étudie le décor spartiate. Quel délire !

Murs blancs décrépis tout autour de lui.
Table en bois au milieu de la pièce.
Lui, assis sur une chaise.
En face, une autre chaise non occupée.
Et son reflet dans le miroir derrière lequel, sans aucun doute, son comportement doit être observé.

Il se croirait au cœur de « ***Fuite mortelle*** », son roman policier primé, notamment dans la scène de l'interrogatoire du suspect arrêté par la police…

Il y est.
Même ambiance.
Même décor.
Et lui, dans la peau du suspect.
Il tape du poing sur la table. De rage. Comment lui, James Atkins, écrivain primé, adulé, reconnu,

médiatisé, peut-il être suspecté d'être à l'origine de la mise en scène réelle d'une action qu'il a imaginée dans son roman publié, et de celle à peine ébauchée dans le synopsis du roman en cours et qui n'a même pas encore été écrite ?

Soudain, une lueur d'espoir jaillit dans son esprit.

*Si je me réfère au sous-entendu pour lequel j'ai été placé en garde à vue, à savoir ces mises en scène pour booster mes ventes, j'ai l'argument pour contrer l'accusation. « **Fuite mortelle** » est en vente depuis un an dans les librairies et sur tous les sites en ligne, avec un chiffre record de plus d'un million d'exemplaires. Il est facile de déduire que je n'ai aucun intérêt à mettre en scène l'action du livre devant le cinéma avec l'Alpine volée. Si encore les ventes avaient du mal à décoller, passe encore, mais là, mon argument tient la route. Quant à la feuille avec le synopsis de mon roman en cours, je ne l'ai pas envoyée et j'aimerais bien savoir qui s'en est chargé. Comment peuvent-ils penser que l'objectif est de booster les ventes alors que, un, la scène n'est pas encore écrite, et deux, le roman n'est pas publié ? Mes deux arguments sont en or et je vais les leur balancer à la...*

Ses réflexions sont interrompues par l'ouverture de la porte, et un homme de taille moyenne fait son entrée, un attaché-case à la main qu'il pose sur le bureau. Il s'assoit sur la chaise libre en face de James.

— Bonjour, Monsieur Verdier ! Je suis le capitaine Vauchel, expert en psychologie dans les affaires judiciaires en cours. J'ai lu le rapport des lieutenants Brossard et Valette au sujet de celle qui vous concerne et qui vous a conduit en garde à vue afin de...

James lui coupe la parole.

— Comme vous venez de le dire, je suis effectivement en garde à vue. Pour l'écriture de mon roman, j'en ai recherché la définition. Je l'ai en mémoire...

La garde à vue est une mesure privative de liberté prise lors d'une enquête judiciaire à l'encontre d'une personne suspectée d'avoir commis une infraction.

... ce qui signifie que vous me privez de liberté parce que je suis suspecté d'avoir commis une infraction. Vous êtes d'accord avec moi ?
— On peut le dire comme ça.
— Bien. Alors, laissez-moi vous dire deux choses.
— Une seconde, si vous me permettez...

Le capitaine Vauchel sort un stylo de la poche intérieure de sa veste, ouvre son attaché-case et en extrait un bloc-notes.

— Voilà. Je vous écoute, Monsieur Verdier...
— Merci. Donc le premier point sur lequel je veux attirer votre attention est le suivant. Si je suis suspecté, et c'est le cas, d'avoir donné vie à la scène de l'Alpine volée et toute l'action qui en découle afin de booster les ventes de mon roman, j'aimerais vous faire comprendre que je n'avais aucun intérêt à mettre au point ce stratège. Entre ma maison d'édition, les librairies et les sites en ligne, les ventes de mon roman « **Fuite mortelle** » ont dépassé le million d'exemplaires. Donc je n'ai pas besoin de vous faire un dessin pour vous convaincre de l'aberration de votre suspicion. Le second point repose sur cette feuille que la police a reçue et je le répète, que je n'ai pas envoyée. Mais passons. Le texte écrit soi-disant de ma main présentait le synopsis du roman que je suis en train d'écrire, retenez bien cela, Capitaine, c'est mon roman actuel en cours d'écriture. Bien. Maintenant, revenons sur ce qui s'est passé dans les Pyrénées orientales. Un enfant a été enlevé par son père à la sortie de l'école et s'est enfermé avec lui dans une maison du village de Sahorre...
— À six kilomètres du village où vous vous

étiez retiré...

— C'est exact. La police a cerné la maison. Par qui a-t-elle été prévenue ? Nul ne le sait. Avant que l'assaut ne soit lancé pour délivrer le gamin, un soi-disant écrivain est intervenu pour lire au capitaine non pas un chapitre de son livre, mais mon synopsis qui présentait ce que j'allais écrire dans mon propre roman. Et honnêtement, Capitaine, quel auteur serait capable d'une telle mise en scène pour booster les ventes de son roman qui n'est même pas encore publié ? Voilà les deux points dont je souhaitais vous faire part, afin que vous compreniez que les suspicions qui reposent sur moi ne sont pas fondées.

Vauchel termine de prendre des notes, pose son stylo sur son bloc-notes. Coudes sur le bureau, mains croisées, ses yeux fixent James, sans un mot, Puis il prend la parole.

— Je vous remercie d'avoir développé votre argumentaire, Monsieur Verdier, et permettez-moi maintenant de vous présenter le mien. Tout d'abord, la feuille que la police a reçue a bien été rédigée par vos soins. Pour affirmer cela, nous avons demandé à un expert en graphologie de la comparer avec la feuille qui était chez vous, que vous avez montrée au lieutenant Brossard et qu'il a conservée pour les besoins de l'enquête. Ses conclusions sont formelles. Les deux textes ont été écrits par la même personne et qui plus est, avec la même encre. Alors, Monsieur Verdier, j'ai bien compris vos arguments, mais expliquez-moi pourquoi avoir écrit deux fois le même texte, dont un a été envoyé à la police ?

— Mais bon sang, **JE N'AI RIEN ENVOYÉ À LA POLICE** ! En quelle langue dois-je vous le dire ?

— Allons inutile de crier, je ne suis pas sourd ! Le fait avéré, Monsieur Verdier, est que ce texte a été écrit de votre main, et qui plus est, sur la feuille que la police a reçue. C'est le premier point retenu. Le second est que le texte présentait en quelques lignes la scène qui s'est déroulée dans les Pyrénées orientales, à six kilomètres de l'endroit où vous vous trouviez. Avouez que tous ces éléments sont troublants et accroissent la suspicion qui pèse sur vous.

James se sent anéanti. Une idée lui vient en tête.

— Je veux faire appel à mon avocat !
— Lorsque vous serez accusé officiellement. Pour le moment, vous n'êtes qu'en garde à vue.
— Et depuis quand, en garde à vue, ne peut-on

faire appel à un avocat ?
— Souhaitez-vous que je vous accuse officiellement, Monsieur Verdier ?

James éclate d'un rire forcé.

— M'accuser officiellement ? Mais de quoi ?
— D'avoir risqué la vie d'autrui.
— Pardon ?
— Eh oui, Monsieur Verdier. Nous pensons qu'au-delà du million de romans vendus, vous avez sciemment mis en scène le passage de votre livre « **Fuite mortelle** », sans doute pour attirer l'attention de futurs lecteurs avec une action publicitaire qui aurait pu entraîner dans les rues parisiennes des blessés, voire des morts.
— Vous êtes sérieux ?
— Très. Votre équipe était sans doute bien rodée pour se lancer dans un tel numéro. Mais je peux vous énumérer les risques encourus lors de cette folie. Un, le type au volant de l'Alpine aurait pu s'encastrer dans une ou plusieurs voitures avant de s'engager dans la rue du Château à contresens. Deux, si une voiture remontait cette rue à ce moment-là, je ne donne pas cher de la vie du conducteur si l'Alpine lui était rentrée dedans au lieu du Berlingo programmé. Et trois, je ne parle même pas de la Peugeot 5008 de vos faux policiers

sur le boulevard de Strasbourg ou sur la rue du Faubourg Saint-Martin.

Malgré le poids qu'il commence à sentir peser sur ses épaules, James se contraint à sourire.

— Avec tout le respect que je vous dois, vous savez que vous êtes en pleine fabulation. Me croyez-vous vraiment capable de diriger une équipe dans ce genre de mise en scène ? Croyez-vous vraiment que j'aurais risqué la vie d'autrui pour une histoire de... de gloire ? Mais la gloire, Capitaine, je la savoure tous les jours. Le prix Renaudot que j'ai remporté voici deux ans et le prix du Quai des Orfèvres l'an dernier y ont largement contribué sans que je me sente obligé de m'impliquer dans tout ce bazar. Sincèrement, pourquoi, mais pourquoi me serais-je fourvoyé dans cette histoire de mise en scène sur le terrain ?
— Pour être honnête avec vous, Monsieur Verdier, je pense que vous êtes suffisamment intelligent pour mettre en avant des arguments comme vous venez de le faire. Ainsi, votre défense repose sur votre notoriété. Cependant, et désolé de vous contredire, mais c'est vraiment un bon coup publicitaire. Et d'ailleurs, il a parfaitement fonctionné.
— Que voulez-vous dire ?
— Comme le dit la presse, « La rançon de la

gloire : notoriété ou argent ? » On parle de vous, c'est bien ce que vous recherchiez, non ?

— Qui « on » ? Qui parle de moi ?

— Allons, Monsieur Verdier, vous n'avez pas lu la presse ce matin ? Ah ! non, c'est vrai, vous étiez ici en cellule. Attendez, vous allez voir...

Vauchel ouvre son attaché-case.

Sort un journal.

Le déplie.

Présente la une sur le bureau.

James baisse les yeux.

Se reconnaît en photo.

Pâlit.

Se laisse happer par la lecture de l'article...

La rançon de la gloire : notoriété ou argent ?

FUITE MORTELLE

ÎLE-DE-FRANCE 1€

VENDREDI 13 SEPTEMBRE 2024 - ÉDITION SPÉCIALE - N°2745 - 4,50 € - FRANCE MÉTROPOLITAINE

LE MONDE DE LA LITTÉRATURE SOUS LE CHOC

James Atkins : un auteur primé à succès, roi de la mise en scène

L'auteur français, James Atkins, récompensé par le Prix Renaudot et par le Prix du Quai des Orfèvres aurait mis en scène deux passages extraits de ses romans dans un but publicitaire. La similitude entre la fiction et la réalité aurait comme objectif d'augmenter d'une manière significative les ventes de ses ouvrages. La première scène a été reconstituée dans le Xe arrondissement de Paris et correspond à quelques détails près à l'une des actions de son roman « Fuite mortelle ». La seconde scène s'est déroulée dans les Pyrénées orientales autour de l'enlèvement d'un enfant par son père, scène de son prochain roman qu'il était en train d'écrire. La police enquête sur les véritables motivations qui auraient conduit James Atkins à s'empêtrer dans ses deux mises en scène.

PAGES 2 et 3

James est sidéré. Que la presse ait publié un tel article le foudroie littéralement.

— Mais qui a donc pu leur donner ces

renseignements, si ce n'est la police ?

— Ah non, je suis désolé, la police n'y est pour rien. Vous savez, il suffit qu'il y ait eu un journaliste dans le coin le jour où toute la scène s'est déroulée. Ou comme tout a parfaitement été décrit sur Facebook par le dénommé Hannibal Lecter, il est possible que la presse l'ait interviewé. Et puis s'il y a anguille sous roche, c'est le rôle de la presse de fouiller, fouiner, rechercher le moindre détail qui authentifierait un tel scoop.

— Mais un scoop doit reposer sur la réalité, et là ce n'est pas le cas.

— Ça, c'est vous qui le dites ! Je crois, Monsieur Verdier, que vous ne comprenez pas très bien le bourbier dans lequel vous vous êtes empêtré.

— Mais enfin, de quoi parlez-vous ? Écoutez, Capitaine, je vais être clair. Comme le titre le journal, j'ai la notoriété, j'ai l'argent...

— Excusez-moi ! Ce titre n'est qu'une question à propos de ce qu'un auteur recherche avec la gloire. La notoriété ou l'argent ? Peut-être les deux d'ailleurs...

James s'appuie contre le dossier de sa chaise, bras croisés, et regarde le policier droit dans les yeux, comme pour le provoquer.

— Alors, vous croyez vraiment que j'ai été

capable d'organiser toute cette mise en scène pour en obtenir davantage ?

— D'autres en sont persuadés.
— Ah oui ? Et qui ?
— Vous le saurez bientôt.
— Sans vouloir être indiscret, que voulez-vous insinuer ?

Avant qu'il apporte la réponse attendue, Vauchel est interrompu par l'entrée de Brossard qui dépose un plateau sur la table avec deux tasses de café fumantes.

— Merci, Lieutenant !

Après le départ du policier, Vauchel revient vers James.

— Ce que je voulais vous dire, Monsieur Verdier, c'est que je vais vous emmener dans un endroit que vous connaissez bien, et là, vous comprendrez pourquoi vous êtes avec nous. En attendant, je vous invite à boire un café.
— Merci, mais je n'en ai pas envie.
— Vous devriez, vous allez en avoir besoin.
— Que voulez-vous dire ?
— Vous allez devoir être en forme pour affronter ce qui vous attend...

— C'est-à-dire ?
— Je vous l'ai dit. Votre retour dans un endroit que vous connaissez et qui a marqué votre parcours. Je ne peux vous en dire plus pour le moment. Allez, buvez, avant qu'il ne refroidisse...

James prend la tasse face à lui sur le plateau et la porte à ses lèvres.

— Vous ne prenez pas de sucre ?
— Non, jamais.
— Alors si vous me permettez, je prends le vôtre. Moi, j'en prends deux.

Le café parfumé est juste à bonne température. Les deux hommes le dégustent en silence, puis James revient à la charge.

— Alors, vous ne voulez vraiment pas me dire où vous allez m'emmener ?

Vauchel le fixe, avec un petit sourire narquois au coin des lèvres.

— Nous allons aller faire un petit tour en voiture...
— Pour aller où ?

Le policier se lève, range le journal, la une du Parisien et son bloc-notes dans son attaché-case puis il regarde à nouveau James avec toujours son sourire ironique, mais plus prononcé.

— C'est une surprise, Monsieur Verdier ! Allez, venez, c'est l'heure !

9.

Sans un mot pendant le trajet, Vauchel conduit une Peugeot 5008 identique à celle que James a vue devant le cinéma « Le Brady » lors de la poursuite de l'Alpine sur le boulevard de Strasbourg comme dans le passage de son roman. À un moment, le policier met le clignotant et se gare le long du trottoir.

— Voilà, Monsieur Verdier, nous sommes arrivés !

Assis sur le siège passager, James regarde autour de lui. Il lui semble reconnaître ce quartier de Paris.

— Vous pouvez descendre. Vous êtes attendu...
— Attendu ? Où ? Par qui ?

Vauchel le regarde et indique du doigt un bâtiment sur la droite de la voiture.

— Là, Monsieur Verdier...

James tourne la tête vers le bâtiment qu'il reconnaît immédiatement lorsqu'il voit l'inscription en relief sur un mur blanc :

— Mais c'est... c'est là que m'a été remis le prix du Quai des Orfèvres, il y a un an...
— Exactement ! Bonne mémoire !
— Oh, vous savez, l'évènement vécu était si intense qu'il est marqué à vie dans mon esprit. Mais... vous m'avez dit que j'étais attendu... Par qui ?
— C'est le jour de la remise du prix, Monsieur Verdier ! Allez-y, descendez ! Cela va commencer

dans quelques minutes...

— La remise du prix ? Mais quel prix ?

— 36 rue du Bastion... Cela ne vous rappelle rien ?

— Si, bien sûr ! Mais je n'ai proposé aucun roman policier cette année, et de toute manière en tant qu'ancien lauréat, je n'ai plus le droit de participer... Expliquez-moi !...

— Je ne peux vous en dire plus. Par contre, ce que je peux vous certifier, c'est que vous allez vivre maintenant un moment qui restera également gravé dans votre mémoire pour longtemps... Descendez, maintenant ! Ce serait idiot que vous arriviez en retard...

— Et vous, vous ne venez pas ?

— Non, non ! Je vous attends... Allez... Ils doivent s'impatienter !

James, très intrigué, sort de la Peugeot 5008, et pénètre dans la Préfecture de Police alors que mille questions l'assaillent.

À l'entrée, un policier lui demande sa carte d'identité. James l'a toujours sur lui. Il la lui présente.

— Ah ! Monsieur Verdier... Entrez, je vous prie ! On vous attend en salle de réception. C'est tout droit... Mais je crois que vous connaissez...

Le policier lui rend sa carte et James, intrigué, se dirige vers la salle de réception de la Préfecture de Police, très animée. De nombreux membres du personnel sont présents, mais aussi des journalistes de la presse écrite et radiophonique ainsi qu'une chaîne de télévision. James, figé à l'entrée de la salle, se revoit un an en arrière et ne peut que se demander ce qu'il fait là alors qu'il n'a publié aucun roman.

Les conversations semblent ne jamais devoir s'arrêter quand soudain une voix annonce :

— Mesdames, Messieurs, le Directeur de la Police Judiciaire !

Augustin Christiani fait son entrée, entouré par l'ensemble des membres du jury sous les applaudissements. Il se dirige vers un pupitre muni d'un micro. Aussitôt le silence s'établit.

— Mesdames, Messieurs, en tant que président du jury pour la remise du prix du Quai des Orfèvres, j'aurai l'honneur et le plaisir de vous annoncer dans quelques instants le nom du lauréat. Mais avant d'appeler les trois finalistes, j'aimerais appeler le lauréat de l'an dernier, James Atkins...

Le directeur tend son bras, paume de la main

ouverte dans sa direction, alors qu'il est toujours immobile à l'entrée de la salle.

— ... ici présent, que je vous demande de ne pas applaudir.

James prend comme un coup de poing dans l'estomac. Une chape de plomb tombe sur l'ensemble des invités qui se tournent vers lui.

— Veuillez me rejoindre, Monsieur Atkins, je vous prie !...

James fait un effort surhumain pour avancer sa première jambe qui lui paraît collée au parquet vitrifié de la salle. Toujours dans un silence assourdissant, les invités s'écartent à son passage et leurs murmures le mettent très mal à l'aise.
Finalement, il parvient au pied de l'estrade.
Augustin Christiani l'invite d'un geste éloquent du bras à venir à ses côtés.
James gravit les marches lentement. L'impression qu'il ressent, sans savoir pourquoi, à cet instant, est celle d'un condamné à mort qui monte à l'échafaud juste avant que ne tombe sur son cou le couperet de la guillotine.
Dès qu'il se trouve aux côtés du directeur, celui-ci reprend la parole.

— Mesdames, Messieurs, vous n'êtes évidemment pas sans savoir que le prix du Quai des Orfèvres récompense un auteur de roman policier. Comme je l'ai annoncé en préambule, vous n'ignorez pas que James Atkins a été l'auteur primé l'année dernière avec son roman « **Fuite mortelle** ». Mais, comme l'a annoncé la presse et comme l'a démontré l'enquête de police, un passage de son histoire a été mis en scène dans Paris, par ses soins, dans un but de notoriété et de retombées financières accrues alors que son aura d'écrivain primé l'a conduit sur le piédestal de la gloire, tant dans le monde littéraire, que sur le plan médiatique. Devenu auteur à succès, son large public de lecteurs le vénère depuis ce prix qui, rappelons-le, a succédé au prix Renaudot dont il a été lauréat voici maintenant deux ans. Cependant, la mise en scène dans Paris à l'identique du passage de son roman, sans imaginer les pertes humaines qui auraient pu être déplorées, est une injure aux principes de l'Académie française, à tous les écrivains en général, mais surtout au jury qui lui a décerné le prix du Quai des Orfèvres. D'autant plus que James Atkins a également mis en scène dans les Pyrénées orientales l'enlèvement d'un enfant par son père à la sortie de l'école, afin de préparer la sortie de son prochain roman et d'en anticiper le succès, donc les ventes. Or, le prix du Quai des Orfèvres, depuis sa création, est bien le symbole de la loyauté, de l'équité et de la justice. Aussi, afin de marquer dans l'esprit de tous cette triste actualité qui fera date, j'ai le regret d'annoncer aujourd'hui, devant vous, Mesdames et Messieurs, devant les médias et les représentants du monde littéraire ici présents, que le jury a voté à l'unanimité l'annulation du prix dont Monsieur Atkins a été lauréat.

Alors que l'assemblée applaudit le discours d'Augustin Christiani, James est complètement abattu, noyé entre honte et sidération, écœurement et vexation, mais surtout affolé de subir une telle injustice. Il ne se sent pas la force d'intervenir devant tout ce monde pour se défendre. Il fera appel à son avocat, quitte à porter plainte contre le jury du prix du Quai des Orfèvres pour cette décision complètement abusive à son égard.

Sans un mot, il descend de l'estrade et traverse la salle de réception. Le public s'écarte à son passage en lui lançant des regards qu'il ressent comme méprisants. Alors qu'il s'apprête à quitter la salle, il se retrouve face à deux officiers de police armés qui apparemment bloquent la sortie. Alors qu'il se retourne vers l'estrade, Augustin Christiani s'adresse à lui au micro.

— Attendez, Monsieur Atkins, ne vous sauvez

pas comme ça. Vous allez pouvoir assister à la remise du prix du Quai des Orfèvres de cette année. C'est la moindre des choses pour vous qui venez de perdre le vôtre. Vous allez pouvoir revivre de bons moments qui, dorénavant, n'existeront pour vous qu'à l'état de souvenirs. Mais vous ne pouvez-vous en prendre qu'à vous-même.

James se sent très mal à l'aise. Alors qu'il reste planté en fond de salle face à l'estrade, Augustin Christiani semble l'ignorer et se lance dans son discours de président de jury pour la remise du prix.

— J'appelle maintenant le premier auteur sélectionné par le jury. Il s'agit d'ailleurs d'une auteure... Bernadette Charpentier... Madame Charpentier, s'il vous plaît...

James suit des yeux l'auteure appelée qui, comme lui l'an passé, rejoint le directeur sur l'estrade sous les applaudissements et se place à côté de lui.

— Bonjour Madame. Votre roman a un titre à double sens... « *Enquête de vérité* », c'est bien cela ?
— Oui, tout à fait !
— Alors, je précise que Bernadette Charpentier est bien connue dans le monde littéraire, pour

avoir remporté notamment le prix Médicis en début de carrière. Combien de livres avez-vous écrits, Madame Charpentier ?

— Quatorze ! Celui que je vous ai proposé est le quinzième.

— Et sur l'ensemble de votre production, combien de romans policiers ?

— Celui-ci est mon troisième.

— Sinon, à part les romans policiers, avez-vous d'autres genres de prédilection ?

— J'aime beaucoup écrire des histoires fictives que je situe dans des contextes historiques réels.

— Merci, Madame Charpentier. Maintenant j'appelle le second auteur sélectionné… Il se nomme Michaël Fournier. Son roman s'intitule « **Preuves à l'appui** ». Monsieur Fournier, s'il vous plaît, si vous voulez bien me rejoindre…

Un jeune homme blond d'une trentaine d'années monte sur l'estrade sous les applaudissements du public. James le reconnaît, il était sélectionné l'an passé avec lui.

— Bonjour, Monsieur Fournier. Je crois qu'il s'agit de votre cinquième roman…

— Oui, c'est exact.

— Et je crois que c'est la seconde fois que vous faites partie de la sélection finale pour ce prix.

— Oui, c'est exact. J'ai présenté l'année dernière « **Un témoin peu ordinaire** », mais c'est monsieur Atkins qui a remporté le prix.
— Mais qu'il n'aura conservé qu'un an...
— Oui, c'est ce que je crois avoir compris...

James Atkins sent tous les regards converger à nouveau vers lui, et il baisse les yeux pour éviter de les croiser.

— Bien, merci, Monsieur Fournier. J'appelle maintenant le dernier auteur sélectionné... Richard Meyer avec son roman « **Meurtres à l'Élysée** »... Monsieur Meyer, s'il vous plaît...

Au nom prononcé par le président du jury, James relève la tête pour identifier l'auteur appelé. Lorsqu'il monte sur l'estrade, il est de dos, mais dès qu'il rejoint les deux autres auteurs sélectionnés, il se retourne face au public et là, James est stupéfait. Il s'agit bien du fameux Richard Meyer qui faisait aussi partie des sélectionnés avec lui l'an passé.

— Bonjour Monsieur Meyer. Vous étiez également déjà avec nous l'an passé, n'est-ce pas ?
— Oui, tout à fait !
— Combien de livres avez-vous écrits ?

— Celui que je vous ai proposé cette année est mon dixième.

— Et je crois que vous n'écrivez que des romans policiers...

— C'est exact.

— Et vous n'avez jamais obtenu de prix ?

— J'ai failli l'an passé.

— Mais comme vous dites, c'est du passé. Merci, Monsieur Meyer. Alors, il ne me reste qu'à vous souhaiter bonne chance. Mesdames, Messieurs, quatre-vingt-quinze manuscrits ont été....

Alors qu'Augustin Christiani se lance dans l'historique du prix du Quai des Orfèvres, et annonce la publication du roman primé par ***BlackNovel Éditions,*** James ressent un nœud à l'estomac. À cet instant lui revient son dernier échange avec Meyer. Pris dans le flot des séances de dédicaces en librairies, des rencontres avec ses lecteurs en bibliothèques, des invitations dans des émissions littéraires sur les radios ou sur les plateaux de télévision, les interventions dans les facultés ou les lycées, il l'avait occulté, voire rayé définitivement de son esprit. Mais aujourd'hui, le revoir physiquement refait émerger en lui toute la scène. C'était après la remise du prix l'an passé. Meyer était passablement ivre avec le champagne dont il avait abusé.

« C'est la seconde fois qu'un prix me passe sous le nez par votre faute. Mais vous savez quoi, Atkins ? Non ? Eh bien, je vais vous le dire. Sans que vous vous y attendiez, un jour je me vengerai et vous serez aux premières loges... »

James revit la scène et surtout les mots prennent un sens qui lui paraît coïncider avec ce qu'il a vécu ces derniers jours.

Et si cet enfoiré était à l'origine de tout ce qui m'arrive...

— ... l'enveloppe sous scellé avec le nom du lauréat. Eh bien, je crois que le moment est venu, Maître, de nous dévoiler le résultat du vote. C'est à vous...
— Merci, Monsieur le Directeur. Je tiens toutefois à préciser que, comme pour chaque prix, le manuscrit primé a été remis à Monsieur de Montajuy dans le plus grand secret selon un document officiel qui stipule notamment la non-diffusion publique du titre du roman et du nom de son auteur avant la remise du prix.
— Merci, Maître, il était utile de le préciser. Voilà, maintenant, à vous de jouer !

L'huissier de justice sort une enveloppe d'une poche intérieure de sa veste, la décachette et en extrait un carton qu'il s'apprête à lire, avec un lent regard sur la salle, histoire de ménager un temps de suspense.

Un silence religieux s'installe dans le public.

James se souvient de l'angoisse qu'il a ressentie à ce moment précis. Sans doute comme celle des trois lauréats aujourd'hui.

L'huissier, avec un grand sérieux, met fin au supplice.

— Le prix du Quai des Orfèvres est attribué cette année à Monsieur Richard Meyer pour son roman « ***Meurtres à l'Élysée*** ».

Un immense applaudissement général et des bravos fusent dans la salle à la proclamation du résultat et tous ne regardent plus que Richard Meyer qui arbore un large sourire de satisfaction.

Encore une fois, James est troublé, car il se demande si le prix qui lui a été retiré et celui remporté aujourd'hui par Meyer ne sont pas liés à toute l'embrouille dans laquelle il est enlisé ces derniers temps.

Augustin Christiani reprend la parole.

— Monsieur Meyer, j'ai l'honneur et le plaisir de vous remettre, selon notre règlement, votre diplôme ainsi qu'un chèque de 777 euros.

Nouveaux applaudissements. Richard Meyer est sur un nuage, tout sourire, et se prépare mentalement à prendre la parole.

— Je remercie le jury, car c'est un grand honneur de succéder à James Atkins, bien que son prix soit annulé. Je vous avouerai que c'est un vrai bonheur pour moi qu'un de mes romans policiers soit enfin récompensé par ce prix. Je félicite bien évidemment les deux autres auteurs d'être parvenus à la sélection finale avec moi et je remercie sincèrement le jury.
— Merci, Monsieur Meyer, et encore toutes nos félicitations.

Le public l'applaudit chaleureusement.

— Mesdames et Messieurs, je vous invite à vous rendre dans le salon officiel des réceptions pour déguster une coupe de champagne en l'honneur de notre lauréat avec qui vous pourrez échanger à loisir.

***

La porte de sortie toujours gardée par les deux policiers, James ne peut toujours pas quitter la salle de réception. Comme pour lui l'an passé, les représentants de la presse écrite, radiophonique et télévisée entourent Richard Meyer et lui posent des questions multiples tout en enregistrant ses commentaires et ses réactions. Les flashs des appareils photo crépitent. Puis il est pris à part pour être filmé et interviewé par la chaîne publique présente. Un peu après, une fois que l'espace se libère autour de lui, le directeur de la police s'approche et lui tend une coupe de champagne.

— À votre santé et à votre prix, Monsieur Meyer, et encore mes félicitations. Allez, je vous laisse trinquer avec nos invités qui souhaitent vous féliciter. Profitez bien de ce grand moment !
— Merci beaucoup, Monsieur le Directeur.
— Je vous souhaite beaucoup de succès avec ce roman et de nombreuses ventes.
— Merci, Monsieur le Directeur.

Ils sont nombreux à entourer Richard Meyer, à trinquer avec lui, à le féliciter et à échanger quelques mots.

Au bout d'une heure, la cérémonie touche à sa fin et la plupart des invités quittent le salon. James tente de se glisser parmi eux, mais les policiers s'opposent encore une fois à son départ. Alors qu'il revient dans la salle, passablement énervé, Richard

Meyer s'approche de lui avec deux coupes de champagne. Il lui en tend une.

— Nous n'avons pas trinqué ensemble, Monsieur Atkins...
— À quoi ? lâche James, légèrement agressif. À votre prix ou à l'annulation du mien ?

Sans avoir trinqué, Meyer a un sourire ironique, porte sa coupe à ses lèvres et boit une gorgée.

— Vous souvenez-vous de ce que je vous ai dit lorsque nous avons arrosé votre prix l'année dernière ?

James ne répond pas. Ses phalanges blanchissent tandis que ses doigts se referment sur sa coupe. Il fixe Meyer droit dans les yeux en serrant les dents.

— Non ? Vous ne vous souvenez pas ?

Mutisme de James, les doigts serrés un peu plus fort sur la coupe.

— Je vais vous le dire, Monsieur Atkins. Je vous ai dit que sans que vous vous y attendiez, un jour je me vengerais et vous seriez aux premières loges. Eh bien, voilà, Monsieur Atkins... Nous y sommes !

Au dernier mot prononcé par Meyer, la coupe explose entre les doigts de James. Alors que les morceaux de verre jonchent le sol, James sort un mouchoir pour essuyer les coupures sanguinolentes de sa main.

Des invités curieux se tournent vers eux pour comprendre ce qui se passe.

— Ce n'est rien, les rassure Meyer, tout va bien.

Alors que James se tamponne toujours la main, Meyer s'approche un peu plus près de lui et lui murmure à l'oreille :

— Le prix pour moi, c'est bien. Mais le vôtre aux oubliettes, c'est encore mieux !

Dans un réflexe irréfléchi, le poing de James s'écrase sur le visage de Meyer qui, sous le choc, tombe sur le parquet. Sidération parmi les personnes encore présentes. Augustin Christiani accourt vers lui et l'aide à se relever, outré.

— Monsieur Atkins, non seulement vous heurtez l'admiration de vos lecteurs avec vos mises en scène, mais en plus, vous osez frapper un lauréat du prix du Quai des Orfèvres. En tant que directeur de la police judiciaire, je vous place en préventive pour agression sur Monsieur Meyer.

Il fait signe d'approcher aux deux policiers toujours en faction devant la porte. Dès qu'ils sont près de lui, il s'adresse à James, très en colère.

— Ne vous inquiétez pas, Monsieur Atkins, c'est pour vous éviter de frapper à nouveau Monsieur Meyer, notre lauréat du prix du Quai des Orfèvres. Mais de toute façon, je veillerai à enregistrer le dépôt de plainte de Monsieur Meyer, parce qu'il va porter plainte. N'est-ce pas, Monsieur Meyer ?
— Je n'y avais pas songé, réplique l'auteur, un mouchoir en main, pour tenter de stopper son hémorragie nasale, mais maintenant que vous me le dites, oui, je crois que je vais porter plainte.
— C'est la moindre des choses. Alors, voyez-vous, Monsieur Atkins, vous serez jugé, et je ne pense pas me tromper en vous affirmant que vous serez condamné.

Il se tourne vers les deux policiers.

— Conduisez-le en cellule !

10.

— J'ai une mauvaise nouvelle pour vous, annonce Maître Tessier, avocat de James, dans la cellule où il a été autorisé à le rejoindre pour un entretien.

— Au point où j'en suis, je suis prêt à tout entendre...

— Le prix Renaudot vous a été retiré...

James en reste bouche bée. Malgré lui et sa fierté, deux larmes coulent sur ses joues qu'il essuie rapidement d'un revers du bras.

— Comment l'avez-vous appris ?
— Tous les médias en parlent. C'est un scoop dans le monde littéraire.
— Mais pourquoi ? Suite à l'annulation de mon prix du Quai des Orfèvres ?
— Exactement. Je crois que vous pouvez dire adieu à votre carrière.

— Peut-être pas. Car ensemble, nous pourrons prouver que les mises en scène dont on m'accuse ne sont pas de mon fait.

— Attendez, je vous arrête. Vous n'êtes pas accusé comme responsable de ces deux mises en scène, mais juste d'avoir frappé Richard Meyer.

— D'accord, ça, j'assumerai. Mais vous ne m'ôterez pas de la tête que si mon premier prix a été annulé, c'est bien à cause des mises en scène que l'on m'impute, soi-disant pour accroître ma notoriété et mes rentrées financières. Et ça, c'est complètement faux !

— Le premier, c'est peut-être vrai. Mais le Renaudot, c'est suite à votre agression sur Richard Meyer. Un auteur lauréat du prix Renaudot ne peut en aucun cas frapper un autre lauréat, quelle que soit la nature du prix. Avec ça, je peux vous dire que les médias font leurs choux gras. Mais qu'est-ce qui vous a pris de le frapper ?

— Je vais vous le dire, Maître. Il y a un an, le jour de la remise de mon prix du Quai des Orfèvres, Meyer faisait partie des trois finalistes avec moi. Il n'a pas digéré de ne pas l'avoir remporté. Après la remise du prix, légèrement éméché, il m'a promis de se venger. Je suis quasiment certain que c'est lui qui est à l'origine des mises en scène.

— Vous ne pourrez jamais prouver qu'il voulait se venger. Nous allons avoir beaucoup de mal à justifier votre agression devant le procureur. Je crois que la meilleure parade sera de vous excuser afin de minimiser la peine.

— Jamais ! Au revoir, Maître !

— Ne soyez pas ridicule !

— **Au revoir, Maître !**

— Je m'en vais. Mais réfléchissez bien ! Avec ce comportement, vous risquez gros !

— Plus que la chute de ma carrière d'écrivain ? Les médias l'ont définitivement enterrée. Je ne me fais aucune illusion sur le nombre de mes lecteurs qui va décroître.

— Décroître ? Alors là, je suis désolé ! Vos lecteurs vont complètement disparaître. Et c'est la deuxième information qu'il me fallait vous donner. Votre éditeur, BlackNovel Éditions cesse définitivement de publier « *Fuite mortelle* ».

— Eh bien, j'en trouverai un autre ! À bientôt, Maître !

— Au revoir, Monsieur Atkins ! On se revoit au palais de justice...

***

« Mesdames, Messieurs... la Cour... »

Le président fait son entrée, suivi par le jury. L'assemblée se lève tout comme James en tant qu'accusé et Richard Meyer en tant que partie civile, les deux hommes accompagnés par leurs avocats respectifs. Une fois le Président assis, il prend la parole.

— Monsieur Verdier, suite aux...
— Atkins ! Mon nom est...
— Veuillez ne pas m'interrompre, je vous prie. Michel Verdier est votre nom d'état civil, le seul qui vaille devant la Cour. Atkins était votre nom d'écrivain.
— Était... ?
— Oui, Monsieur Verdier. Suite aux délibérations du jury, la Cour est prête à rendre son verdict. Compte tenu de votre agression sur Monsieur Richard Meyer, la Cour a décidé de radier définitivement votre pseudonyme professionnel des circuits littéraires. Plus aucun éditeur, quel qu'il soit, ne sera autorisé à publier vos romans. C'est la première sanction. Et la seconde, Monsieur Verdier, vous êtes condamné à verser la somme de soixante-quinze mille euros à Monsieur Meyer ici présent, pour les dommages physiques et moraux qu'il a subis.

Le président s'empare de son maillet en bois qu'il frappe contre le socle habituel.

— La séance est levée.

Alors que l'assemblée est debout, prête à quitter la salle d'audience, James reste assis, complètement décomposé.

— Venez, je vous raccompagne chez vous, lui dit Maître Tessier, un bras posé sur le sien, comme pour le réconforter.

— En cellule ?

— Non, chez vous. Vous n'êtes plus en préventive.

Alors qu'ils quittent le palais de justice, une centaine de personnes les attendent à l'extérieur et elles se mettent à huer James dès qu'elles l'aperçoivent et à crier des slogans peu réjouissants.

Hou ! Hou ! Vilain, l'écrivain !
Hou ! Hou ! Menteur, l'auteur !
Hou ! Hou ! Comédien, l'écrivain !
Hou ! Hou ! Saboteur, l'auteur !

— Retournez dans le tribunal ! Demandez que l'on vous conduise à la porte de sortie arrière. Je passe vous chercher en voiture dans deux minutes.

***

Alors qu'ils sont installés dans le salon chez James, Maître Tessier termine son verre de jus de fruits, le pose sur le guéridon, puis regarde James.

— Je suis désolé de ne rien avoir pu faire pour que votre peine soit moins lourde.
— Allons, qu'est-ce que soixante-quinze mille euros ? J'en ai plus de trois millions sur mon compte en banque. Par contre, ce qui m'est pénible, c'est que ce soit Meyer qui va les encaisser. Et ça, je l'ai en travers de la gorge.
— Et que comptez-vous faire maintenant ?
— Régler ce que je dois à cet hurluberlu, puisque c'est une décision de justice. Mais je ne vais pas m'arrêter là, vous pouvez en être certain.
— À quoi pensez-vous, si ce n'est pas indiscret ?
— Me trouver en tête à tête avec Meyer et lui faire avouer comment il s'y est pris pour mettre au point ses mises en scène.
— Et comment allez-vous le convaincre de se retrouver face à face avec vous ?
— Je pense qu'il vaut mieux que vous l'ignoriez pour l'instant. La démarche n'est pas très compatible avec votre statut d'avocat.
— Vous n'allez pas faire de conneries, j'espère...
— Ne vous inquiétez pas ! L'essentiel est qu'il avoue. Peu importe la manière. Et croyez-moi, ce n'est pas lui qui ira porter plainte contre moi.

— Vous m'effrayez un peu, là !

James se lève et invite son avocat à en faire autant.

— Venez, je vous raccompagne. Je vous recontacterai lorsque j'aurai les aveux de Meyer...
— Pas de bêtises, hein !...
— Ne vous inquiétez pas ! Allez, au revoir, Maître !

Une fois sur le palier, l'avocat se retourne.

— Au revoir, Monsieur Atkins ! Mais je vous avoue que je suis un peu sceptique.
— Faites-moi confiance ! Vous savez, j'ai l'habitude d'écrire des synopsis pour mes romans. Et ils sont toujours parfaitement réfléchis à l'avance.

L'avocat lui fait un dernier signe de la main, pénètre dans l'ascenseur. À la fermeture des portes, James se retire chez lui avec une dernière réflexion...

Mais, ça ne fait que commencer...

11.

James se promène sur l'île du Berceau de Samois-sur-Seine où a lieu comme tous les ans le réputé festival de jazz en hommage à Django Reinhardt.

Après avoir assisté à un concert de Caravan Palace, un groupe de musique électro-swing, en première partie et à celui de Stochelo Rosenberg Trio, groupe de jazz manouche, en seconde partie, James sait que ce n'est pas vers eux qu'il doit se tourner. Ils ont déjà une belle réputation dans le monde de la musique et n'ont pas de soucis financiers. Donc il doit chercher ailleurs.

Par contre, il sait que sur l'île sont présents des tas de jeunes guitaristes manouches qui font des bœufs un peu partout, dans l'espoir d'être repérés et que s'envole leur carrière. Mais les places sont chères. James se doute que si certains avaient l'argent nécessaire, ils pourraient enregistrer en studio par leurs propres moyens et présenter ensuite leurs maquettes à des producteurs.

Mais auxquels s'adresser ?

Après avoir déambulé entre des dizaines de stands de luthiers qui, tous, présentent leur production personnelle de guitares jazz, il passe devant des groupes de musiciens amateurs. Par cinq, parfois plus, ils improvisent ensemble sur des morceaux que James reconnaît immédiatement, tels que « *Swing guitars* », « *Minor swing* », « *All of me* », « *Les yeux noirs* » ou encore le célébrissime « *Nuages* ».

Au détour d'une allée, James repère deux guitaristes d'une vingtaine d'années sans public autour d'eux. Sans doute déçus, ils ont posé leurs instruments et fument cigarette sur cigarette en affichant des mines sur lesquelles se lisent déception et frustration.

James espère avoir trouvé.

— Salut les gars !

Les musiciens lèvent la tête vers lui, hautains, sans lui répondre.

— Vous ne jouez pas ?
— Pour quoi faire, personne ne s'arrête pour nous écouter...
— Vous devriez enregistrer en studio... Ça

vous permettrait de présenter une maquette à des producteurs...

— Ah ouais ? Et avec quoi on paye ?

— J'ai peut-être une idée qui pourrait vous intéresser...

— Quelle idée ?

— Il y a un bistrot dans le coin ?

— Ouais, là-bas, au village, mais il faut quitter l'île...

— Vous avez cinq minutes ?

Les deux musiciens se regardent, acquiescent d'un signe de tête, puis se lèvent, rangent leurs instruments dans des housses, et prennent la direction du centre de Samois avec James.

***

— Alors ? Cela vous tente ?

— Pour cent mille euros, on est prêts à tout pour donner une leçon à ce salaud. Hein, Joseph ?

— Ça, c'est sûr !

— Oui, mais on va le trouver où ce Richard Meyer ? demande Miguel.

— Il sera en dédicace demain à Paris dans une librairie que je vous indiquerai. Vous achèterez un de ses livres et...

— Ça coûte combien ?

— Ne vous inquiétez pas ! Je vous donnerai l'argent nécessaire. Donc vous achetez un livre et vous irez le lui faire dédicacer. Vous lui expliquerez que vous adorez tout ce qu'il a écrit...
— Il en a écrit beaucoup ?
— Dix. Le titre de son dernier est « **Meurtres à l'Élysée** ». C'est celui-là que vous achèterez et que vous lui ferez dédicacer.
— Et comment on fera pour qu'il vienne avec nous ? demande Joseph.

James énonce le plan qu'il a mis au point dans sa tête depuis quelques jours.

— Vous lui expliquerez que votre mère adore tout ce qu'il a écrit, qu'elle a chez elle ses neuf autres livres. Je vous donnerai tous les titres. Vous devrez les apprendre par cœur. Vous lui direz qu'elle est handicapée et qu'elle ne peut se déplacer. Pour son cadeau d'anniversaire, vous aimeriez, s'il est d'accord, le conduire chez elle, un, pour lui faire la surprise, et deux, lui faire dédicacer tous ses livres.
— Vous croyez qu'il va nous suivre ?
— Ne vous inquiétez pas ! Un auteur a toujours un ego démesuré, et il ne pourra pas faire autrement que céder à la perspective de rencontrer une de ses fans qui, de plus, possède tous ses livres.

— Mais en réalité, on devra l'emmener où ?
— Chez moi !
— Chez vous ? Alors là, c'est pas top !
— Vous voyez autre chose ?

Joseph se tourne vers Miguel avec un regard complice.

— Vas-y, dis-lui !
— On pourrait l'emmener chez le père Moreno...
— Qui est ce monsieur ? demande James.
— C'était un vieux qui vivait seul et sans famille. Il est mort depuis un an et sa maison est abandonnée. Elle est quasiment en ruines et il y a une cave où on se retrouve parfois avec des potes quand on veut être peinards.
— Parfait, je vais vous montrer où se trouve la librairie à Paris dans laquelle il sera en dédicace. Où est cette maison abandonnée ?
— À Samois !
— Bon, vous m'indiquerez l'endroit. Avez-vous une voiture ?
— Non, mais on peut utiliser la camionnette bâchée de notre père...
— Vous aurez de quoi l'attacher ?
— Alors ça, pas de problème, on a une vieille paire de menottes ! On l'attachera dans la voiture ?

— Mais non ! Pas dans la voiture ! Quand vous serez seuls avec lui. Dans la maison !
— Et on pourra même le bâillonner, ajoute Joseph.
— Parfait ! Alors, vous êtes partants ?

Les deux gitans se regardent et au même hochement de tête qu'ils s'adressent, James comprend qu'ils sont d'accord.
Tous les trois finalisent officiellement le contrat en trinquant avec leurs verres de bière qu'ils terminent ensemble.

***

Comme convenu, après que James leur a indiqué la FNAC sur les Champs Élysées où Meyer sera en dédicace, ils lui ont montré où se trouvait la maison abandonnée de Samois et la cave dans laquelle il sera détenu.
Le lendemain, James est stationné au volant de son Coupé Mercedes CLE dans une rue calme, la rue Frédéric Bastiat à moins de trois cents mètres de la FNAC, et cinquante derrière la camionnette bâchée des deux gitans. Plus qu'à attendre...
En espérant que tout se passera bien...
Vingt minutes plus tard, dans son rétroviseur, James voit marcher sur le trottoir le long duquel il

est garé Miguel et Joseph, accompagnés de Meyer.

Les trois hommes passent près de sa voiture, se dirigent vers la camionnette dans laquelle ils montent tous les trois à l'avant, Meyer au milieu.

James jubile. Le plan fonctionne comme prévu.

La camionnette démarre en direction de Samois.

James n'a plus qu'à attendre le lendemain pour les retrouver là-bas comme ils l'ont envisagé, juste le temps nécessaire pour que Meyer ressente la peur et l'angoisse. Ce malaise devrait le contraindre à avouer qu'il est bien l'auteur des mises en scène qui ont détruit sa carrière. Et James espère surtout que ses aveux lui permettront de la poursuivre.

***

Le lendemain, il y est.

Il gare sa Mercedes à une centaine de mètres de la maison abandonnée à Samois et la rejoint à pied.

D'abord, il passe devant en simple badaud puis revient sur ses pas, s'arrête devant la maison.

Il sort un paquet de cigarettes.

Un regard à droite.

En prend une.

Un regard à gauche.

La camionnette est là, stationnée en face.

Sort une boîte d'allumettes.
Un regard derrière lui.
En gratte une, allume sa cigarette.
Personne dans la rue.

Il pousse la grille d'un jardin minuscule en friche et ouvre la porte, non verrouillée comme convenu.

Il s'introduit dans la maison et referme la porte derrière lui, en tournant cette fois la clef qu'il aperçoit dans la serrure intérieure.

Un regard circulaire.
La maison est vraiment abandonnée.

De vieux meubles sont couverts de poussière et des toiles d'araignées les relient entre eux.

Sans s'attarder dans cette pièce lugubre, il se dirige vers la porte de la cave que lui ont montrée les deux gitans et se retrouve face à des escaliers obscurs. Il cherche l'interrupteur, le trouve, appuie dessus...

Évidemment ! Maison abandonnée donc pas d'électricité !

Soudain, dans la pénombre en bas de l'escalier apparaît le faisceau d'une torche...

— C'est vous ?

James reconnaît la voix de Miguel.

— Oui.

Le faisceau se rapproche et Miguel apparaît dans l'escalier.

— Venez !...

Ensemble, ils descendent une quinzaine de marches et se retrouvent dans la cave éclairée par deux bougies fixées sur des goulots de bouteilles posées sur une vieille table en bois.
Derrière la table, Richard Meyer.
Il est assis sur une chaise, la bouche bâillonnée et les mains menottées derrière le dos. Lorsqu'il voit apparaître James, ses yeux s'écarquillent de stupeur. Il marmonne quelque chose derrière son bâillon et gigote sur sa chaise.

— Chuuut !... Calmez-vous, Monsieur Meyer, tout va bien se passer...

Alors qu'il continue de lâcher des cris étouffés sans tenir en place, Joseph sort un revolver dont il pose le canon sur la tempe de Meyer.

— Tu n'as pas compris ? On te demande de te

calmer...

L'arme braquée contre lui apaise immédiatement Meyer, dont la peur se lit sur le visage.

— Si vous me promettez de ne pas crier, on vous enlève le bâillon et les menottes, lui dit James... Vous promettez ?

Meyer acquiesce énergiquement de plusieurs hochements de la tête. James fait signe à Miguel de lui libérer la bouche et les mains. Après quelques secondes de silence, Meyer intervient.
— Pourquoi ? Mais pourquoi m'avez-vous enlevé ? dit-il en se frottant les poignets.
— On ne vous a pas enlevé, réplique James, amusé. Vous êtes venu de vous-même pour dédicacer tous vos livres à la maman de ces deux personnes qui est une grande fan.
— Ne vous foutez pas de ma gueule ! Pourquoi m'avez-vous amené ici ?

James marque une pause sans cesser de fixer Meyer.

— Pourquoi ? Vous ne devinez pas pourquoi, Monsieur Meyer ? Là, vous m'étonnez. Vous souvenez-vous de ce que vous m'avez dit après avoir reçu votre prix du Quai des Orfèvres dans la salle de réception de la Direction Régionale de la Police Judiciaire ? Eh bien, permettez-moi de vous le rappeler :

« Le prix pour moi, c'est bien. Mais le vôtre aux oubliettes, c'est encore mieux ! », vous vous souvenez ?

— Évidemment ! réplique Meyer. En plus, vous m'avez balancé votre poing dans la figure juste après.
— Bien. Bonne mémoire ! Et ce que vous m'avez dit lors de la réception après que j'ai reçu mon prix, un an avant, vous ne l'avez pas oublié non plus, je pense...

Meyer reste muet.

— Laissez-moi vous rafraîchir la mémoire !

« Je suis vert de rage. C'est la seconde fois qu'un prix me passe sous le nez par votre faute. Eh bien, sans que vous vous y attendiez, un jour je me vengerai et vous serez aux premières loges. »

— Ce sont exactement les mots que vous avez prononcés.
— Oui, c'est vrai, j'étais déçu, mais j'avais aussi

bu un peu trop de champagne...
— **Bon, ça suffit, Monsieur Meyer !** réplique James en haussant le ton. Arrêtez de vous foutre de moi ! Je vais vous dire pourquoi vous êtes ici. Si vous êtes là, c'est pour que vous me fassiez des aveux.
— Des aveux ? Quels aveux ? Vous...

Meyer n'a pas le temps de finir sa phrase, coupé dans son élan par une formidable gifle de Joseph, qui braque à nouveau aussitôt le canon de son revolver contre sa tempe.

— Bon, maintenant tu arrêtes de dire n'importe quoi !
— Mais... mais enfin, je ne dis pas n'importe quoi, c'est ridicule...

James se lève, et fait quelques pas, les mains dans les poches avant de se tourner vers lui.

— Bon, nous n'allons pas nous éterniser ici. Si vous êtes là aujourd'hui, c'est pour m'avouer que vous êtes à l'origine des mises en scène des deux passages de mes romans qui vous ont permis de vous venger de moi, comme vous me l'avez promis. Une vengeance qui, d'ailleurs, mériterait un prix pour sa formidable organisation. Vous savez qu'elle a parfaitement abouti, puisqu'aujourd'hui, grâce à vous, plus aucun éditeur ne publie mes ouvrages, et ma carrière d'écrivain est dorénavant terminée. Cuite. Réduite à néant. Grâce à vous. Alors si vous souhaitez ressortir d'ici vivant, vous savez ce qu'il vous reste à nous dire.

— Mais je... je... je n'y suis p... pour rien !

— **Bon, maintenant, ça suffit ! Vous vous êtes assez foutu de moi. Ou vous avouez que c'est vous qui avez manigancé tout cela, ou je vous laisse entre les mains de ces deux hommes !**

— Mais je vous jure que...

Une seconde gifle, plus violente que la première, le fait basculer de la chaise. Alors que Miguel et Joseph le relèvent et l'assoient à nouveau, des larmes coulent sur ses joues.

— Alors ? Que décidez-vous ?
— Mais enfin, puisque je vous dis que...
— C'est bon, le coupe James, en prenant la direction de l'escalier, je vous le laisse. Appelez-moi au téléphone quand il sera prêt à avouer.
— **Non ! Attendez !...**

James qui avait déjà gravi trois marches redescend et s'approche de lui.

— Oui ?

De plus en plus apeuré, Meyer lâche dans un souffle :

— Ne me laissez pas seul avec eux ! Je vais tout vous dire...
— À la bonne heure ! Vous voilà devenu raisonnable.

James se rassoit en face de lui.

— Allez, Monsieur Meyer, nous vous écoutons...

12.

Après un silence embarrassé, le dernier lauréat du prix du Quai des Orfèvres se lance.

— Eh bien, voilà ! Tout a commencé après la remise de votre prix. Je me suis contraint à lire votre roman et c'est lorsque je suis tombé sur le passage avec l'Alpine volée que m'est venue l'idée. J'ai vraiment été frustré que le prix du Quai des Orfèvres me passe sous le nez par votre faute. J'ai vraiment voulu me venger. Je savais qu'en mettant en scène à l'identique le passage avec l'Alpine, cela vous retomberait sur le dos, et j'espérais secrètement que votre prix vous serait retiré...

— Et ça a été le cas. Merci. Mais au-delà de cet objectif atteint, j'aimerais savoir comment vous vous y êtes pris. Vous aviez des complices ?

— Pas des complices. Des amis qui appartiennent en tant que comédiens à une compagnie de théâtre dont je fais partie. Nous sommes très soudés. Lorsque je leur ai expliqué que le prix m'était passé sous le nez à cause de vous, ils m'ont rejoint pour vous donner une leçon. Je leur ai expliqué ce que j'avais en tête. Ils ont tous lu le passage de votre roman, et nous avons mis en place le scénario. Pour la scène à laquelle vous avez assisté devant « Le Brady », chacun avait un rôle. Le conducteur de l'Alpine, les flics de la Peugeot 5008, le chauffeur du Berlingo dans la rue du Château, le couple de la Skoda, tous faisaient partie de la compagnie. Et nous avons répété jusqu'à ce que nous soyons prêts.

— Mais vous ne l'avez pas répétée dans Paris ?

— Non, bien sûr. Tout le monde avait son plan d'action. Et la campagne est suffisamment vaste autour de Paris pour s'entraîner.

— Et ensuite, vous avez brûlé les voitures...

— Brûlé les voitures ? Ah, mais non ! Pas du tout !

— Pourtant, c'est ce que m'ont affirmé les deux policiers chargés de l'enquête qui sont venus chez moi. Ils m'ont dit qu'elles ont toutes été retrouvées brûlées sur un parking isolé à Montfermeil.

— Ah, les lieutenants Brossard et Valette ? sourit Meyer. Désolé, mais ils faisaient aussi partie de l'équipe. Ce n'étaient pas de vrais policiers.

— Et les voitures, vous les aviez tout de même volées, non ?

— Ah, mais pas du tout ! Nous les avons louées, et restituées après la fin de la scène.
— Mais dites-moi, comment saviez-vous que je serais devant le cinéma ?
— Alors là, je l'ignorais complètement. C'est une coïncidence. Et de plus qui nous a été favorable.
— Et c'est vous également qui avez organisé la scène de l'enlèvement dans les Pyrénées orientales ?

Richard Meyer réplique dans un premier temps par une grimace dont James ne parvient pas à comprendre le sens.

— Quoi ? C'est vous, non ?
— Désolé, Monsieur Atkins, mais cette scène n'a jamais eu lieu.
— Comment ? Mais les policiers...

James ne termine pas sa phrase. Il vient de comprendre que les faux policiers lui ont juste fait croire qu'elle s'était déroulée à six kilomètres de Casteil où il commençait à écrire son nouveau roman.

Quel idiot de ne pas être allé vérifier sur place !

Et soudain lui revient la fameuse feuille qui, d'après eux, leur aurait été envoyée par lui-même.

— Et cette feuille avec le synopsis de mon prochain roman, comment leur est-elle parvenue ? Ou comment vous est-elle parvenue ?
— Là, vous avez raison. Comment m'est-elle parvenue ? Eh bien, tout simplement, je savais que vous étiez descendu en avion à Perpignan pour vous rendre à Casteil...
— Comment avez-vous su que j'allais à Casteil ?
— N'avez-vous pas demandé à votre concierge de vous transférer votre courrier là-bas ?... Vous savez, moi aussi j'écris des romans policiers.

James enrage que cette information lui soit parvenue par ce biais.

— OK. Mais la feuille, comment avez-vous fait pour l'avoir ?
— Très simple. Un de mes amis, serrurier, m'a confié un passe-partout, et c'est moi qui suis rentré chez vous.
— Comment saviez-vous où j'habitais ?
— Alors, là, vous m'étonnez ! Vous ne vous souvenez pas m'avoir donné votre carte d'auteur lorsque nous avons bu un café ensemble, il y a un

an, juste avant d'aller à la remise du prix du Quai des Orfèvres. Dont d'ailleurs, vous avez été le lauréat !

James se traite d'imbécile. S'il avait su.

— Continuez !
— Je n'ai pas eu de difficultés à trouver la feuille originale avec le synopsis de votre prochain roman que, par chance, vous aviez oubliée dans le tiroir de votre bureau.
— Mais vous n'avez pas fait une photocopie. Les faux policiers m'ont démontré qu'elle avait été écrite avec de l'encre identique à la mienne...
— Un autre de mes amis a des qualités de graphologie incroyables. C'est lui qui a imité votre écriture avec un stylo à plume.

James rumine de s'être fait avoir comme un bleu.

— Et la une du « Parisien » ? Un faux également ?
— Bien évidemment ! Vous n'êtes pas sans savoir qu'aujourd'hui, avec les logiciels photos et les retouches numériques, n'importe qui est capable de réaliser ce genre de travail. Mais avouez que vous avez marché...

James ne répond pas. Une autre idée lui vient à l'esprit.

— Lorsque le capitaine Vauchel m'a conduit avec sa Peugeot 5008 à la Direction Régionale de la Police Judiciaire afin que j'assiste à la remise du prix du Quai des Orfèvres dont vous avez été le lauréat, il m'a dit qu'il m'attendrait devant les locaux.
— Alors un, le capitaine Vauchel est aussi un comédien de notre compagnie de théâtre, et deux, est-ce qu'il était là lorsque vous êtes sorti ?
— Eh bien, non, parce que j'ai été enfermé en préventive après vous avoir mis mon poing dans la figure. Lorsque j'en suis sorti, c'est mon avocat qui m'a conduit au palais de justice.
— De toute manière, Vauchel, enfin, celui qui jouait son rôle, ne vous aurait pas attendu, évidemment !

James sait ce qu'il lui reste à faire.

— Donc si j'ai bien compris, toute cette mise en scène avait pour objectif de faire annuler mon prix et de me discréditer aux yeux des éditeurs, des médias et même de mes lecteurs. Je me trompe ?
— Tout à fait. Et c'est plutôt réussi, non ?
— Parfaitement réussi, je reconnais.

— Maintenant que j'ai joué la carte de la franchise, vous allez pouvoir me libérer, je suppose...
— Et certainement vous permettre de retrouver votre carrière d'auteur médiatisé, adulé par des milliers de lecteurs ?
— On ne peut rien vous cacher, réplique Meyer tout sourire.
— Je m'en doute bien. Mais je crois qu'il y a un petit problème...
— Un petit problème ? Lequel ?

James jette un coup d'œil à Miguel et à Joseph, toujours avec son revolver à la main.

— J'ai un scoop. Je crois que votre carrière s'arrête aujourd'hui, Monsieur Meyer. Et la mienne va reprendre de plus belle. J'ai du retard à rattraper.
— Que... que voulez-vous dire ?

James jette à nouveau un regard à Miguel et lui adresse un léger signe de tête. Aussitôt, le gitan prend entre les doigts un stylo qui était posé sur la table devant lui, sur une feuille de papier vierge, et le tend à James qui s'en empare.
Il semble l'étudier avec minutie.

— Vous voyez ce stylo ?

Meyer le fixe sans comprendre.

— Eh bien, je vais vous faire une révélation. C'est un stylo d'enregistrement professionnel avec une carte mémoire de trente-deux giga-octets. Autrement dit, tout ce que vous venez de nous raconter a été enregistré et...

James n'a pas le temps d'expliquer le fond de sa pensée ni ce qu'il compte faire de l'enregistrement, car Meyer a déjà anticipé la suite du plan qu'il s'apprêtait à lui révéler. De rage et en une fraction de seconde, il bondit de sa chaise par-dessus la table, se jette sur James qui bascule en arrière sur le vieux sol en ciment en se cognant la tête. Couché sur lui, Meyer serre ses mains autour de son cou pour une tentative d'étranglement. James essaie de se dégager, mais il sait qu'il n'y parviendra pas. Le visage écarlate, les veines saillantes, il manque de plus en plus d'air. Miguel tente de faire lâcher Meyer, mais en vain. Son corps est comme soudé à celui de James.

Alors qu'il gesticule de tous côtés, dans un sursaut de lucidité, James sait que s'il ne se passe rien, il est mort.

À cet instant, un coup de feu retentit.

Les mains et les bras de Meyer se détendent. Par réflexe, James repousse le corps qui obstruait le sien, et se relève en toussant, à la recherche de bouffées d'air salvatrices. Plié en deux, les mains sur ses genoux, il sent progressivement l'oxygène envahir ses poumons. Finalement, en quelques minutes il retrouve toute sa conscience, sait qu'il vient d'échapper au pire. Il se tourne vers les deux gitans.

Miguel vient vers lui.

— Ça va ?
— Oui, oui, merci et...

Soudain, il aperçoit Joseph sur sa gauche, hagard, son revolver à la main.

Le coup de feu qu'il a vaguement perçu, alors que Meyer l'étranglait, ressurgit dans sa conscience.

Il se retourne alors et voit le corps de Meyer au sol, couché sur le ventre.

L'arrière de son crâne a explosé.

Du sang s'écoule encore et se mélange à ses cheveux avec des bouts de cervelle .

— Il... il est mort ?
— Je crois, oui, confirme Miguel.
— Merde ! C'est vous qui l'avez tué ? lance-t-il à Joseph.
— Et qui voulez-vous que ce soit ?
— Mais... pourquoi ?

— Pourquoi ? s'énerve maintenant Joseph, hé, pardi ! parce que c'était vous ou lui !

Soudain, James pâlit.

— Mais bon sang, vous vous rendez compte que vous avez tué le dernier lauréat du prix du Quai des Orfèvres ? Ah, bon sang, on est vraiment dans la merde... Le coup de feu va attirer la police, non ?
— Pas de soucis pour ça, la maison est trop éloignée des habitations de Samois.

James détourne son regard de Meyer, dont le crâne explosé lui donne envie de vomir.

— Le monde littéraire, les médias, son éditeur, sa famille vont tous se poser des questions sur sa disparition...
— Bon, pour l'instant, on ne risque rien, lance Miguel.
— Qu'est-ce qu'on va faire du corps ? demande Joseph.

James explose à sa question surréaliste.

— **Ce qu'on va faire du corps ? Ce qu'on va faire du corps ? Mais vous êtes cinglé ou quoi ? Si** on le cache, c'est comme multiplier par dix notre culpabilité. La justice ne nous le pardonnerait pas.

Miguel réplique sur le même ton.

— **Vous avez une autre idée, Monsieur l'Écrivain ? Si on en est là, c'est votre faute. C'est vous qui avez voulu qu'on l'enlève et qu'on l'amène ici, non ?**
— Oui, mais je ne vous ai pas demandé de le tuer...
— **Vous êtes gonflé, vous !** s'écrie Joseph, en colère. **À cette heure-ci, si je n'étais pas intervenu, vous seriez mort !** Bon, allez Miguel, on se tire. Il m'énerve ce connard. Allez, filez-nous le pognon convenu !

James cogite rapidement et envisage son avenir proche sans eux et trouve au final la parade.

— Attendez ! Pas de précipitation ! Nous devons avertir la police. Nous avons un atout majeur...
— Ah oui ? Et lequel, Monsieur l'Écrivain ?
— Le stylo ?
— Quoi, le stylo ?
— Eh bien, réfléchissez, bon sang ! N'avons-

nous pas sa confession dans le stylo-enregistreur ? Il a avoué être l'instigateur des deux mises en scène pour casser ma carrière, non ? Si ça, ce n'est pas une preuve irréfutable...

— Bon, eh bien, vous avez ce qu'il vous faut pour vous en sortir sans nous. On peut se tirer, hein, Miguel ?

— Il a raison. Filez-nous ce que vous nous devez et on disparaît !

— Vous ne risquez rien. N'importe quel tribunal vous disculpera pour le meurtre de Meyer.

— Ah oui ? Et pourquoi ?

— Tout simplement parce que vous m'avez sauvé la vie. C'était un cas de légitime défense.

— Légitime défense ou pas, filez-nous le pognon !

James comprend à cet instant qu'il ne pourra pas les persuader. Mais il sait qu'il parviendra à convaincre la justice, et que la police, avec son témoignage et sa description des deux hommes, réussira à les retrouver à Samois. Inutile d'insister pour le moment, c'est sans issue.

— OK. Je peux vous faire un chèque ?

— Un chèque ? réagit Joseph. Et pourquoi pas par carte bleue. Mais il est con, ou quoi, ce type !

— Il a raison. On veut du liquide !

— Du liquide ? Parce que vous croyez que j'ai cent mille euros sur moi en liquide ?

Les deux gitans se regardent. Puis Miguel lui donne la solution.

— Venez ! on va aller à Samois. Il y a trois banques avec un distributeur.
— Et de plus, vous croyez vraiment qu'on peut retirer autant d'argent à un distributeur. Désolé, mais on est limité. Je dois aller à ma propre banque et faire la demande auprès de mon conseiller financier. Je ne suis même pas sûr qu'il puisse me donner l'argent immédiatement.
— Et votre banque, elle est où ?
— À Paris. Dans le Xe.

Miguel réfléchit quelques secondes.

— OK, on y va. Joseph, toi, tu restes là. Tu nous attends. On revient avec l'argent.
— Tu me laisses seul avec ce cadavre ?
— Mais tu ne risques rien. Il ne te sautera pas dessus, va !
— Pourquoi veux-tu que je reste là ? On peut y aller tous les trois, non ?

Miguel soupire et lui accorde un signe de tête

pour qu'il les accompagne.

— Allez, viens !

Les trois hommes quittent la cave.

***

Étant donné sa notoriété et la somme considérable en dépôt sur son compte en banque, James se fait remettre sans difficulté par son propre conseiller financier la somme d'argent conséquente qu'il lui a demandée. De retour à sa voiture dans laquelle l'attendent Miguel et Joseph, il s'installe au volant avec la mallette qu'il avait emportée avec lui.

— Alors ? demande Miguel.

En guise de réponse, James lui tend la mallette.

— Ouvrez-la !

Miguel s'exécute et découvre les liasses de billets rangées les unes contre les autres. Joseph, les yeux exorbités, en saisit une, mais aussitôt Miguel la lui arrache des mains pour la remettre en place.

— On est en plein Paris ! T'as envie qu'on nous voie avec tout ce pognon, rugit-il en guise d'explication. Allez, on se tire ! lance-t-il à James.

— Et on va où ?

— Au bord de la mer, pardi ! On va pouvoir se payer des vacances, non ? Pfff ! Où voulez-vous qu'on aille ? On va retrouver votre petit copain. Il doit s'ennuyer tout seul. On décidera ce qu'on va faire.

James démarre. Direction Samois.

***

Au volant de sa Mercedes, une heure après avoir quitté le périphérique à la porte d'Orléans, s'être engagé sur l'autoroute A6, direction Lyon, et l'avoir quittée au Coudray-Montceau pour se diriger vers Bois-le-Roi, James entre dans Samois-sur-Seine.

Comme il sent James perturbé par l'enchaînement des évènements, Miguel lui donne quelques indications pour le guider jusqu'à la maison du père Moreno.

Après s'être arrêtés par précaution à une centaine de mètres, les trois hommes se dirigent à pied vers la maison.

Parvenus devant la grille, Miguel la pousse et

ils suivent l'allée au milieu du jardin en friche jusqu'à la porte fermée.

Miguel l'ouvre avec la clef qu'il avait prise avec lui afin d'éviter toute intrusion étrangère. Ils pénètrent dans la pièce aux meubles reliés par des toiles d'araignée.

Sa torche à la main, Miguel se dirige vers l'escalier qui conduit au sous-sol, suivi par James et Joseph.

En bas, sur la table, les deux bougies sur les goulots de bouteilles sont presque consumées.

Le faisceau de la torche balaie tous les recoins de la cave.

Les trois hommes se regardent, stupéfaits.

Déconfits.

Encore un balayage du faisceau sur le sol taché de sang.

Mais ils doivent se rendre à l'évidence.

Le corps de Meyer a disparu.

13.

— Mais c'est pas possible !
— Comment le corps a-t-il pu disparaître ?
— La police l'a peut-être découvert et emmené ?
— N'importe quoi ! Pourquoi la police serait-elle venue ici ?
— Le coup de feu a peut-être été entendu et quelqu'un l'aura appelée...
— Ou alors, il n'était peut-être pas mort et il est reparti seul ?
— Avec le crâne explosé ? Ridicule !

Moment de silence au cours duquel les trois hommes cherchent une réponse.

— Bon, vous savez quoi, dit Joseph, plus de cadavre, donc on ne peut rien prouver contre nous. J'me tire...
— Ah oui ? Et tu vas aller où ? rétorque

Miguel.

— Tu sais quoi ? Eh ben, je retourne sur l'île et je vais jouer de la gratte pour le public qui doit être encore là. Quoi qu'il en soit, si des témoins me voient là-bas, on ne pourra pas m'accuser d'avoir enlevé l'écrivain.

— T'as raison, ni de l'avoir tué, ajoute Miguel.

— D'autant plus qu'on ne sait pas où il s'est barré...

— Mais enfin, vous racontez n'importe quoi ! s'énerve James. Il n'a pas pu se barrer tout seul, comme vous dites, vous avez vu le trou dans son crâne ? Mais bon dieu, il était mort, merde !

— Écoutez, c'est vous qui avez voulu qu'on l'enlève, qu'on l'amène ici et si je n'étais pas intervenu, à cette heure, vous seriez mort ! D'accord ? Alors, ne venez pas nous emmerder maintenant qu'il n'est plus là. On y va , Miguel ?

— On y va. Moi, à votre place, lance-t-il à James, je ne resterai pas là non plus. On n'a plus rien à faire ici.

— Mais enfin, c'est du délire, explose James. Meyer est un écrivain connu, médiatisé, et qui de plus vient de remporter le prix du Quai des Orfèvres. Son absence va être remarquée. On doit absolument le retrouver.

— **Vous nous emmerdez ! C'est clair ?** Vous êtes venu nous chercher pour un travail que nous avons accompli et pour lequel vous nous avez payés. Alors maintenant, l'affaire est close.

Miguel et Joseph se dirigent vers l'escalier dont ils commencent à gravir les marches, précédés par le faisceau de la torche.

— Et moi, je fais quoi ? lance James.

La voix éloignée de Joseph lui parvient du haut de l'escalier.

— C'est pas notre problème !

La porte du haut s'ouvre puis se referme dans un claquement feutré.
James s'assoit sur une chaise et réfléchit, les coudes sur les cuisses et les mains croisées entre ses jambes.

Eh oui, maintenant, je fais quoi ?

À peine s'est-il posé la question que les deux bougies rendent l'âme, et James se retrouve dans le noir. Il se lève et appelle les deux gitans.

— Hé ! Attendez-moi ! J'arrive...

À tâtons, il se dirige à l'aveuglette vers l'escalier, manque de trébucher contre la première marche, et les mains à plat de chaque côté contre les murs, il gravit les suivantes avec précaution jusqu'à la porte.

Il l'ouvre.

Un faible rai de lumière éclaire la pièce dans laquelle il pénètre.

Évidemment, ils ne l'attendaient pas ici.

Il se dirige vers la porte d'entrée, l'ouvre, et face à la lumière du soleil qui l'éblouit, il est contraint de fermer les yeux.

Après s'y être habitué, il descend sur l'allée, traverse le jardin en friche jusqu'à la grille qu'il tire vers lui.

Il sort sur le trottoir extérieur.

Il regarde à gauche.

Personne.

À droite.

Personne. Juste son Coupé Mercedes qui l'attend. Il constate que les deux gitans ont déjà disparu avec leur camionnette.

Il se dirige à grands pas vers sa voiture, déverrouille la serrure électrique de la portière. Il l'ouvre, s'effondre contre le dossier de son siège et pose ses deux mains sur le volant en poussant un long soupir.

Et maintenant ?

Il se sent perdu. Comme un film projeté en accéléré, il est assailli par les images de tout ce qu'il vient de vivre : la recherche des deux gitans sur l'île, l'exposition de son plan, l'accord qu'il a passé avec eux, l'attente près de la FNAC dans sa Mercedes, l'arrivée de Meyer entre les deux gitans, son face à face avec lui dans la cave, ses aveux enregistrés grâce au...

Merde ! Le stylo ?

Le cœur battant, il fouille ses poches... Rien.
La boîte à gants... Rien.

On a dû le laisser dans la cave ? Et merde !

Fébrile, il attrape une lampe de poche dans la boîte à gants, sort de la voiture qu'il verrouille.
À grands pas, il avance sur le trottoir jusqu'à la grille qu'il n'avait même pas refermée, longe l'allée, ouvre la porte de la maison, allume sa lampe de poche, dévale les marches de l'escalier. Parvenu à la cave, il en balaie du faisceau de sa lampe le moindre recoin.
Sur la table... Rien.
Sur le sol... Rien.

Sur les chaises... Rien non plus.

La tache de sang sur le sol lui donne un haut-le-cœur.

Mais qu'est-ce que j'ai pu en faire ?

Il retourne à sa voiture qu'il fouille de fond en comble au cas où le stylo serait tombé de sa poche.

Mais là encore, c'est un échec. James se sent de plus en plus mal. D'un seul coup lui vient une hypothèse plausible. Les deux gitans ont dû prendre le stylo avec eux par inadvertance. Ou pas. Il doit savoir.

Il démarre sa Mercedes et se dirige à toute vitesse au centre de Samois en suivant la Seine, et se gare le long de la berge, à proximité de la passerelle qui permet d'accéder à l'île du Berceau où se déroule le festival, en espérant y retrouver Joseph et Miguel.

Quelle n'est pas sa stupeur lorsqu'il aperçoit à l'entrée de la passerelle une chaîne et un panneau qui en interdisent l'accès.

Il regarde autour de lui et reconnaît le bistrot où il a fait sa proposition et expliqué son plan d'action aux deux gitans.

Peut-être sont-ils là-bas ?

Il s'y rend rapidement, et y pénètre.

Une seule table est occupée par quatre petits vieux qui jouent aux cartes.

Le patron derrière le bar le reconnaît.

— Ah, vous revenez boire un demi ? Elle est bonne ma bière, hein ?
— Heu... non, merci. C'est gentil. Je cherche les deux jeunes avec qui j'étais. Vous ne les auriez pas vus par hasard.
— Deux petits jeunes ? Vous savez, il en passe souvent ici.
— Et dites-moi ! Comment se fait-il qu'on ne puisse plus accéder à l'île pour assister au festival ?

Le patron et les quatre petits vieux éclatent de rire.

— Qu'est-ce que j'ai dit de drôle ?

Le patron reprend comme il peut son sérieux.

— Vous voulez parler du festival Django Reinhardt, je suppose ?
— C'est exact !

Le patron se retient d'éclater à nouveau de rire, puis parvient à lui donner l'explication.

— Mon cher Monsieur, le festival Django Reinhardt n'a plus lieu sur l'île depuis qu'elle a été inondée par des crues historiques en 2016.
— Mais... vous vous moquez de moi, là...
— J'aimerais bien, au moins le festival aurait toujours lieu ici.
— Mais enfin, c'est là que j'ai rencontré les deux jeunes guitaristes que je recherche. Il y avait même un concert avec Caravan Palace en première partie et celui avec Stochelo Rosenberg Trio en seconde partie.
— Ouh, là ! C'était il y a longtemps, ça.. Depuis les inondations, le festival Django Reinhardt a lieu à Fontainebleau.
— À Fontainebleau ?
— Tout à fait. Il se déroule dans le parc du Château, dans une magnifique prairie du bois d'Hyver. Désolé de vous décevoir, mais dorénavant, c'est au milieu des chênes séculaires que résonnent les hommages à Django.

James est médusé et complètement dérouté. Le patron semble sérieux et a l'air de bien connaître l'histoire du festival.

— Maintenant, si vous voulez avoir une chance de retrouver vos deux petits jeunes, vous devriez aller faire un tour au camping de

Samoreau, c'est à deux pas en direction de Fontainebleau. C'est un formidable lieu d'émulation musicale et c'est même devenu le « off » du festival.

James se retrouve à l'extérieur du bistrot et regagne sa Mercedes, complètement chamboulé. Il passe à nouveau devant la passerelle et s'arrête pour regarder le panneau « Accès interdit » accroché à la chaîne.

C'est complètement fou. Je n'y comprends rien. Je suis sûr d'avoir assisté aux deux concerts. Je ne les ai pas inventés. Je m'en souviens parfaitement. Et c'est sur cette île que j'ai rencontré Miguel et Joseph. Eux non plus, je ne les ai pas inventés. Et Meyer... Je l'ai bien vu au sol avec le crâne défoncé... Où est-il passé ? Il n'a pas pu se volatiliser tout seul... Mais bon sang, que je suis mal ! C'est sûr... un avis de recherche va être lancé dès que... merde, je ne sais rien de lui ! Je ne sais même pas s'il est marié, s'il a une compagne... Je ne sais même pas où il habite... Bon, une chose est sûre, je dois absolument retrouver mes deux gaillards et récupérer le stylo...

Il entre dans sa Mercedes, démarre et prend la direction de Fontainebleau comme le lui a indiqué le patron du bistrot. À un kilomètre après Samois, il voit la pancarte « Samoreau » sur la gauche. Après avoir franchi la Seine, il tourne à droite vers le camping communal de Samoreau. Après quelques déambulations dans les rues, il se retrouve devant l'entrée. Il gare sa voiture et pénètre à l'intérieur du terrain. Immédiatement, il sent qu'il s'est passé quelque chose. Des groupes de personnes sont en pleine discussion. Parmi eux, James repère des guitaristes avec leur instrument à la main. Mais ils ne jouent pas. Ils parlent ou suivent la conversation.

James s'approche d'un des groupes, et plus précisément d'un des guitaristes en léger retrait.

— Excusez-moi de vous déranger, Monsieur, je peux vous demander quelque chose ?
— Oui, bien sûr !

Sa mine est défaite. Ses traits sont tirés.

— Est-ce que par hasard vous connaissez deux jeunes guitaristes qui s'appellent Joseph et Miguel ?

À peine a-t-il prononcé les deux prénoms que la discussion du groupe cesse et les hommes qui le composent se tournent vers lui.

— Pourquoi voulez-vous les voir ? Vous les connaissez, lui demande l'un d'entre eux ?

— Oui, je... je les ai entendus jouer. Je suis producteur et j'aimerais les enregistrer en studio...

Tous se regardent avec une vague de tristesse que perçoit James. Après que ses compagnons ont acquiescé de la tête à son regard interrogateur, l'homme poursuit.

— Je suis désolé, Monsieur. Ils sont morts tous les deux !...
— Quoi ? s'écrie James.
— Ils s'étaient vantés d'avoir gagné cent mille euros. On les a assassinés dans leur caravane à cause de ça.
— Co... comment le savez-vous ?
— Leur mère a raconté à la police qu'ils avaient montré à tout le monde une mallette avec l'argent qu'ils avaient gagné.
— La... police ?
— Oui, ceux qui enquêtent en ce moment sur le crime. Leur mère nous a dit qu'ils ont bien retrouvé la mallette, mais vide.
— Et... Joseph et Miguel vous ont dit co... comment ils avaient gagné cet argent ?
— Non, pas du tout. Mais vous pouvez vous renseigner auprès des policiers. Ils sont encore dans leur caravane pour l'enquête.
— Merci. Je... je les verrai plus tard. Là, je dois

téléphoner au studio pour annuler l'enregistrement... Au revoir !

Tous les hommes du groupe le suivent des yeux jusqu'à ce qu'il remonte dans sa Mercedes et démarre sur les chapeaux de roue.
Affolé, il les voit dans son rétroviseur le regarder s'éloigner.

Merde ! Les deux gitans assassinés ! Et les policiers qui enquêtent. S'ils apprennent que c'est moi qui leur ai donné les cent mille euros, ils risquent de remonter jusqu'à moi pour savoir pourquoi j'ai donné cette somme. S'ils avaient le stylo avec eux, ils vont entendre la confession de Meyer. Et de fil en aiguille, ils finiront bien par faire le lien avec sa disparition.

James se sent mal. Très mal.

Et si leur enquête leur permet de retrouver son corps, alors là, je suis cuit.

Sans qu'il s'en rende compte, il est revenu à Samois.

Avec une idée en tête.
Oublier.
Oublier tout ça.

Joseph n'aurait jamais dû tirer sur Meyer. Au moins, à cette heure, je serais mort étranglé. En fait, je n'aurais jamais dû lancer l'enlèvement de Meyer et les mêler à ça. Ils seraient encore en vie.

— Qu'est-ce que j'vous sers ?

James ne s'est pas aperçu qu'il est retourné instinctivement dans le bistrot. Il regarde le patron d'un air ahuri.

— Alors ?
— Heu... Un whisky ! Un double !

Alors que le patron s'éloigne, il regarde autour de lui d'un air béat. Il est assis à une table, tout au fond du bistrot, dans un recoin. Il se dit que, là, il est sûr que personne ne peut le voir.

Lorsque quelques minutes plus tard, le verre est devant lui, il n'a aucune hésitation, le boit cul sec et le repose sur la table dans un bruit caractéristique qui fait se retourner le patron à peine éloigné de quelques pas.

— Eh bien, vous aviez soif !
— Un autre, s'il vous plaît...
— Un double ?
— S'il vous plaît...
— J'avais raison. Vous aviez soif, ou alors, mon

whisky est vraiment bon...

Quand il revient avec un second verre et qu'il le pose sur la table, il n'a même pas le temps de se retourner que James l'a déjà avalé aussitôt d'un seul trait.

— En... encore un, s'il... s'il vous plaît... bredouille James en lui tendant un billet de cinquante euros.
— Oh là ! réplique le patron en saisissant le verre vide et le billet, vous, vous aviez vraiment soif. Ou alors, vous avez un chagrin d'amour... Je me trompe ?

Sans prononcer un mot, James acquiesce de la tête.

— Alors, peut-être pas un double !...
— N... non ! V... vous avez r... raison ! Un t... triple !
— Ouah ! Ça, c'est une vraie déconfiture sentimentale...

Deux minutes plus tard, le patron revient avec la commande et la monnaie sur les cinquante euros qu'il pose sur la table.

— M... merci.

Le patron retourne à son bar.
James le suit des yeux.
Sa tête commence à tourner.
Mais il se sent bien.
Les bras croisés, il regarde le verre devant lui avec la triple dose.
Il ne sait plus si ce sont les effluves du whisky dans le verre qu'il respire, ou si ce sont les effets des deux qu'il a déjà ingurgités.

Inconsciemment, sa main attrape le verre, et comme il l'a fait pour les deux premiers, il descend sans remords le triple whisky.
Lorsqu'il a terminé, les effets de l'alcool commencent à faire vaciller l'espace dans lequel il se trouve.

Une brume alcoolique envahit son esprit.

Il tourne de plus en plus.

Il s'accroche à la table des deux mains pour ne pas tomber, mais sans qu'il puisse la retenir, sa tête tombe sur ses bras croisés devant lui.

Et il sombre dans une totale inconscience.

14.

Des relents de whisky...
Il reprend conscience...
Sa tête est posée contre ses bras sur la table.
Soudain, à quelques centimètres de ses yeux, il voit...

Le stylo ! Le stylo !

Il sursaute, se redresse, le saisit entre ses doigts, ravi de retrouver enfin la preuve qu'il n'est pas l'auteur des mises en scène grâce aux aveux enregistrés de Meyer...

Qui l'a amené là ? Ou alors je l'avais quelque part sur moi et je l'ai posé sur la table sans m'en rendre compte...

Il le dévisse pour récupérer la carte mémoire.
Quelle n'est pas sa stupeur quand il découvre à l'intérieur... une cartouche d'encre !

Désemparé, en pleine incompréhension, son regard se focalise sur la feuille posée sur la table et sur laquelle était posé le stylo. Il survole ce qui est écrit.

Mais qu'est-ce que... ?

Des phrases griffonnées...
Rayées...
Un mot écrit en haut à gauche...
Un autre en bas à droite...
Puis encore un autre, au milieu...
Les trois reliés par des flèches...
Des lignes, un paragraphe raturé...

À sa droite, posée sur le sol près de ses jambes, il aperçoit une corbeille.
À l'intérieur, des feuilles chiffonnées en boule.
Il se baisse, en saisit une au hasard qu'il déplie et ce qu'il lit le foudroie.

Vendredi 8 novembre, nouveau roman

Complètement sidéré, il pose la feuille sur la table, et en prend une autre dans la corbeille qu'il déplie également.

Vendredi 8 novembre, nouveau rom

Mais, bon sang, c'est moi qui...

Il prend soudain conscience qu'il est l'auteur de ses deux phrases. Son champ de vision s'élargit progressivement...

Il voit... son ordinateur...

Nom de Dieu ! Ce n'est pas la table du bistrot... c'est... c'est mon bureau... Je devais... être bourré et ils m'ont ramené chez...

Il regarde autour de lui, reconnaît sa bibliothèque et sait maintenant qu'il est bien dans son appartement.
Il aperçoit sur la gauche de son bureau un verre vide, et une bouteille de whisky, vide, elle aussi.
C'est à cet instant que tout lui revient à l'esprit. Alors qu'il ne parvenait pas à trouver la moindre idée pour son prochain roman, il a cru qu'un peu d'alcool allait lui permettre de trouver l'inspiration.
Dans sa tête tout s'éclaircit progressivement.
Son prix du Quai des Orfèvres... Son prix Renaudot...
Ses dédicaces...
Ses émissions littéraires à la télévision...
Ses rencontres avec les lecteurs...

Ses interventions à la Sorbonne...
Les articles de presse qui lui étaient consacrés...

La pile de journaux est là, à portée de mains.
Et puis soudain dans son esprit ressurgit l'affiche du film « ***Ghost rider : l'esprit de vengeance*** »...

Bon sang ! Se pourrait-il que ce soit le titre de ce film qui ait tout déclenché dans mon esprit ? Oui, c'est ça ! Et puis surtout...

Nouveau regard sur la gauche du bureau.
De rage, il balance son bras sur le verre et la bouteille de whisky vides qui, sous la violence du geste, explosent contre le mur.
Le choc de verre brisé le tétanise.
En réaction, il pose ses mains à plat sur son bureau, ferme les yeux et expire longuement pour se calmer.
Puis il se lève.
Sous les effets de tout le whisky ingurgité, sa bouche est pâteuse, sa tête tourne encore, et il retombe dans son fauteuil.
Au deuxième essai, il parvient à se maintenir debout, puis il se dirige vers la cuisine en titubant légèrement puis revient avec une pelle et une balayette pour ramasser tous les morceaux de verre

éparpillés au pied du mur.

Une fois tout déposé dans la poubelle, il décide de se faire un grand café noir bien corsé.

Après l'avoir bu, il se sent un peu plus lucide, mais se persuade, malgré tout, qu'aller prendre une douche froide lui permettra de reprendre pied définitivement dans la réalité.

***

Assis à son bureau avec un nouveau café, il se remémore des bribes de son cauchemar né sous l'effet de l'alcool.

Dans son âme d'écrivain qu'il est malgré tout, il décide d'en garder une trace et ouvre le tiroir de son bureau. Lorsqu'il voit son cahier de notes, instinctivement, il le soulève afin de vérifier qu'en dessous ne se dissimule pas une feuille manuscrite avec le synopsis de son prochain roman.

Rien.

Il se traite d'imbécile que l'idée de la feuille ait pu lui effleurer l'esprit et en déduit qu'il est profondément marqué par le film de son cauchemar. C'est à cet instant qu'il se pose la question.

Ne devrait-il pas utiliser les souvenirs de ce synopsis comme base de son prochain roman ?

Après tout, pourquoi pas ?

Les coudes posés sur le bureau, le visage enfoui dans ses mains, il se concentre au maximum. Sa mémoire reste son meilleur atout.

Comme un lever de soleil à l'horizon de sa conscience, des mots, des phrases, des paragraphes commencent à prendre forme.

Lorsque tout lui paraît suffisamment clair, il est persuadé qu'il doit les écrire, là, maintenant. Après tout, son rêve ne serait-il pas la base d'une inspiration inconsciente ?

Enthousiaste, il ouvre son cahier de notes, tourne les pages jusqu'à en trouver une vierge. Il saisit son stylo, l'observe quelques secondes et sourit en songeant qu'au sortir des limbes de son cauchemar, il a cru qu'il s'agissait du stylo-enregistreur.

Il efface cette idée de son esprit et se concentre sur le synopsis dont il se remémore parfaitement le début du texte.
Enthousiaste, il commence à écrire...

Un écrivain écrit le premier chapitre d'un roman policier...
À la sortie d'une école, un enfant est

enlevé par son père qui n'en a pas eu la garde après son divorce par décision de justice.
Tout est mis en œuvre par la police pour...

À cet instant, quelqu'un sonne à la porte de l'appartement.

Il regarde l'heure à sa montre... 15 h 40 ! Il n'attend personne et se demande qui peut bien venir chez lui.

Pendant une fraction de seconde, il se dit que ce doit être Brossard et Valette...

Sa réflexion le fait grimacer, car il vient de réaliser qu'il s'agit encore d'une réminiscence de son cauchemar.

Nouveau coup de sonnette.

Il se lève, se dirige vers le couloir, le longe jusqu'à la porte.

Intrigué, il jette un œil par le judas et là, tout bascule. Cauchemar, toujours, ou réalité ?

Là, juste derrière la porte, comme une provocation à sa raison, se tient celui par qui tout le film est né dans son inconscient...

Meyer !

Comme un automate, James ouvre la porte sans pouvoir prononcer un seul mot. Il regarde celui qu'il considère comme un fantôme. Et les mots que prononce Meyer lui donnent le coup de grâce.

— Bonsoir, cher collègue ! Je vous avais bien dit que je me vengerais et que vous seriez aux premières loges !

Tout s'embrouille dans la tête de James, et sans qu'il puisse s'accrocher à quoi que ce soit, il perd connaissance et s'effondre inanimé aux pieds de Richard Meyer.

***

Lorsqu'il ouvre les yeux, James prend conscience qu'il est chez lui, allongé sur la banquette du salon.

Bon sang ! Ce n'est pas possible, j'ai encore fait un cauchemar... C'est décidé, de ma vie, je ne boirai plus jamais une goutte de whisky !

— Vous vous sentez mieux ?

James bondit et se redresse, abasourdi. Il est face à... Richard Meyer, assis dans un fauteuil.

— Eh bien, vous pouvez dire que vous m'avez fait peur ! Voulez-vous que j'appelle un médecin ?

James tente de se calmer, mais la vue de Richard Meyer le perturbe encore.

— Un médecin... heu... non, non, ce n'est pas la peine...
— Souhaitez-vous boire un verre d'eau ?

Mais... il est mort, lui... Qu'est-ce que...

Comme il ne lui répond pas, Richard Meyer se lève et se dirige vers la cuisine. Alors qu'il s'éloigne de dos, James ne peut s'empêcher de regarder l'arrière de sa tête.

Il... il n'a rien du tout ! Son crâne n'est pas explosé...

Richard Meyer revient et lui tend un verre d'eau que James avale d'un trait. Il ne peut s'empêcher de se souvenir des verres de whisky que, dans son cauchemar, il avalait à la même vitesse.

Il sent la fraîcheur de l'eau descendre dans son œsophage jusqu'à son estomac. Ce qui lui permet de reprendre pied petit à petit dans la réalité.

— Je... je suis désolé, dit-il à Richard Meyer.
— Ne vous excusez pas ! Vous savez pourquoi vous avez perdu connaissance ? Je peux appeler un médecin, si vous voulez...
— Non, non, merci. Ce ne sera pas nécessaire. Je me sens mieux.
— Et moi qui venais vous annoncer une bonne nouvelle...

Le mot vengeance tourne encore dans l'esprit de James.

— Une... bonne nouvelle ?

Richard Meyer se lève et ramasse une bouteille de champagne avec laquelle il était venu et qu'il avait posée par terre afin d'avoir les mains libres pour tirer James au sol jusqu'à la banquette et l'allonger.

— Voilà ! dit-il tout sourire en la brandissant. Je suis venu pour arroser ma vengeance avec vous...

Le mot fait frissonner James.

— Vengeance ?
— Oui, je sais. Il y a un an, j'avais prononcé ce mot, mais j'avais bu un peu trop de champagne. J'ai dû raconter n'importe quoi. Comme un imbécile je vous ai parlé de vengeance, mais je voulais juste vous dire qu'un jour je parviendrais à me hisser à votre niveau. Et c'est le cas aujourd'hui. Monsieur Atkins, permettez-moi de vous annoncer que cette année, depuis hier, je suis le lauréat du prix du Quai des Orfèvres. Et vous voyez... vous êtes aux premières loges ! C'est bien ce que je vous avais dit, non ? Et nous allons boire le champagne pour fêter cela...

— Toutes... mes félicitations, Monsieur Meyer ! Mais dites-moi, le titre de votre roman n'est-il pas « ***Meurtres à l'Élysée*** » ?

Richard Meyer est surpris par cette question.

— Ah non, pas du tout ! Moi, c'est « ***Disparition sans traces*** ». Pourquoi me parlez-vous de ces meurtres à l'Élysée ?

James se traite encore une fois d'imbécile, car évidemment, il sait maintenant qu'il vient de lui parler d'une partie de son cauchemar. « **Meurtres à l'Élysée** » était bien le titre du roman avec lequel Meyer devenait lauréat du prix du Quai des Orfèvres.

Dans son cauchemar !

Il sait, là, à cet instant qu'il est en équilibre sur une corde tendue entre rêve et réalité. Il rumine. Serre les poings. Ferme les yeux si fort que Richard Meyer sent qu'il a un problème.

— Tout va bien, Monsieur Atkins ?
— Non, pas vraiment !
— Vous pouvez me parler si vous le souhaitez ?

James se frotte les tempes, puis rouvre les yeux. Il regarde Richard Meyer qui le sent bien désemparé.

— N'ayez pas peur ! Dites-moi !

James hésite.

— Je crois que ça va aller. J'ai juste fait un terrible cauchemar, et je crois que des images inconscientes se mélangent encore avec la réalité.

Richard Meyer le fixe avec attention, réfléchit,

hésite, puis finalement se lance.

— Je crois que je peux vous aider...
— M'aider ? Et comment ?
— Avant de me lancer dans ma carrière d'écrivain, j'ai fait des études de psychanalyse assez poussées. J'ai peut-être la solution.
— Ah oui ? Et quoi ? M'enfermer ?

Richard Meyer ne peut s'empêcher de sourire.

— Ce sont les fous que l'on enferme. Et je peux vous affirmer que ce n'est pas votre cas. Vous avez fait un cauchemar qui vous a traumatisé. Et c'est là que je peux vous venir en aide.
— Et comment ?
— J'allais vous le dire. Vous sentez-vous prêt à me le raconter en détail ?
— Mon cauchemar ?
— Vous voyez autre chose ?

James visualise en une fraction de seconde les phases qui le déstabilisent encore maintenant : la mise en scène devant le cinéma, la fausse scène de l'enfant enlevé par son père dans les Pyrénées orientales, l'enlèvement de Meyer, ses aveux, son crâne explosé...
Il se demande comment il pourrait lui raconter

tout cela.

— Je ne crois pas que ce soit une bonne idée...
— Vous avez une autre solution pour retrouver votre équilibre ?
— Vous me jugez déséquilibré ?
— Non, pas du tout. Ce que je veux vous faire comprendre, c'est que le fait de me raconter votre cauchemar vous permettra d'accepter que vous ayez été manipulé par votre subconscient. Et il y a de fortes chances pour que vous retrouviez rapidement votre équilibre pour reprendre une vie normale.

James ne sait plus que penser. Ce Meyer-là lui semble maintenant si... réel, honnête, attentionné et, qui plus est, prêt à l'aider...

— Alors ?

James hésite, pèse le pour et le contre, et finalement cède.

— OK. Je vais vous le raconter. Mais promettez-moi de ne pas porter de jugement hâtif...
— Le rôle d'un psychanalyste n'est pas de porter un jugement, mais de libérer son patient de ses contraintes subconscientes qui altèrent toute

réflexion logique, avec un seul objectif, qu'il retrouve ses marques et reprenne une vie normale.

— Merci, Monsieur Meyer !
— Et ne vous inquiétez pas ! Tout sera fluide et je vous promets que vous vous sentirez mieux après. Il suffit de vous laisser porter par les images de votre cauchemar.

James enregistre les paroles apaisantes de Richard Meyer.

— Comment procède-t-on ?
— Le mieux est que vous vous allongiez sur la banquette, de fermer les yeux et de vous laisser aller.
— Vous allez me poser des questions ?
— Aucune. J'écouterai. Je prendrai des notes. Mais en aucun cas, je ne vous interromprai.

James se sent prêt à jouer le jeu. Après tout, que risque-t-il ? Il n'a rien à perdre et tout à gagner, surtout si Meyer a vraiment fait des études de psychanalyse. Et pourquoi mentirait-il ? Ce Meyer-là n'est pas celui de son cauchemar.

Il inspire profondément, afin de se donner l'énergie nécessaire pour ce qui l'attend. Il s'allonge avec un coussin sous la tête sur la banquette sur laquelle il était assis.

— Fermez les yeux et relaxez-vous ! Inspirez et expirez longuement afin de libérer votre esprit de toute contrainte mentale... Je vous laisse quelques instants... Vous me permettez de mettre la bouteille de champagne au frigo pour la garder au frais ?
— Oui, oui, bien sûr ! La cuisine est dans le couloir, sur la droite.
— Merci. Je reviens tout de suite...

Quelques secondes plus tard, Richard Meyer est de retour.

— Je peux vous emprunter un stylo et quelques feuilles pour prendre des notes ?
— Oui, bien sûr ! Il y a ce qu'il faut sur mon bureau dans la pièce juste derrière vous, répond James sans ouvrir les yeux.

Peu après, de retour avec feuilles et stylo, Richard Meyer place le fauteuil légèrement en retrait de la banquette afin que James soit le moins possible perturbé par sa présence physique, et parvienne même à l'oublier.

— Voilà ! Je vous laisse vous détendre et vous concentrer sur le fil conducteur de votre cauchemar. Je ne vais plus parler. Lorsque vous vous sentirez prêt, laissez-vous porter et décrivez ce que vous voyez...

Le silence s'installe dans la pièce, interrompu après quelques minutes par la voix de James.

15.

— J'étais chez moi à essayer de me lancer dans un nouveau roman, après une très longue interruption due aux conséquences médiatiques de mon prix du Quai des Orfèvres. À court d'idées et après plusieurs verres de whisky que j'avais cru salvateurs de mon manque d'inspiration, je m'étais assoupi sans m'en rendre compte, carrément sur mes bras posés sur le bureau. Je suppose que ce fut là qu'a commencé mon cauchemar.

Pause.

— J'avais décidé de me changer les idées et d'aller voir un film au cinéma. Alors que j'étais dans la file d'attente pour acheter mon billet, j'avais assisté, sidéré, à une scène complètement identique à celle que j'ai écrite dans mon roman « *Fuite mortelle* ». Une Alpine rouge était poursuivie par une voiture de police. Elles avaient disparu toutes les deux dans une rue perpendiculaire au boulevard de Strasbourg. C'est là que j'avais entendu un fracas de tôles. Je savais, pour l'avoir écrit, que l'Alpine était entrée en collision avec un Berlingo et que le chauffeur s'était enfui dans une Skoda dont il avait tiré par le bras le conducteur à l'extérieur, et sans savoir qu'il emmenait sa femme qui, elle, terrorisée, était restée blottie sur le siège passager. Ce qui m'avait été confirmé par un homme de la file devant le cinéma qui était allé voir ce qui s'était passé. Abasourdi d'avoir vécu la copie conforme du passage de mon roman, j'étais rentré chez moi.

Pause.

— Complètement sous le choc, j'avais pris des somnifères. Lorsque je m'étais réveillé le lendemain matin...
— Excusez-moi, le coupe Richard Meyer, mais si dans votre cauchemar, vous avez pris des somnifères, c'est peut-être là qu'a commencé votre cauchemar, non ?
— Non, pas du tout. Ce que j'ai vécu près du cinéma en faisait partie. Et vous allez voir que cela se confirme par la suite.
— Pardon, je ne vous interromps plus...

Pause.

— Lorsque je m'étais réveillé le lendemain, j'avais voulu vérifier que je n'avais pas rêvé. J'avais recherché le passage que j'avais écrit dans « **Fuite mortelle** ». Je l'avais relu. Tout correspondait à la scène à laquelle j'avais assisté devant le cinéma. C'était même en consultant Facebook que j'avais su que le conducteur qui s'était enfui avec la Skoda avait déposé la femme un peu plus loin, sur la place Edmond-Michelet. Autant vous dire que j'étais anéanti. C'est là qu'ensuite deux policiers étaient arrivés chez moi. Ils savaient déjà ce qui s'était passé, mais surtout que cela correspondait au passage de mon roman qu'ils avaient lu. Je n'avais bien sûr pas pu les renseigner sur qui avait pu le mettre en scène. Ce ne pouvait pas être une coïncidence.

Pause.

— C'était après leur départ que m'était venue une idée de roman que j'avais cru géniale. C'était l'histoire d'un auteur qui se lançait dans l'écriture d'un roman dont un des passages se produisait à l'identique dans la réalité.
— La même scène que celle devant le cinéma ?
— Non. Tout à fait différent. Pour faire bref,

c'était un gamin qui se faisait enlever par son père à la sortie de son école parce que la justice ne lui en avait pas accordé la garde après son divorce. Comme il en souffrait énormément, il s'enfermait avec lui dans une maison d'un village voisin. J'avais donc rédigé le synopsis sur une feuille, et j'avais décidé d'aller écrire ce roman en me retirant dans les Pyrénées orientales dans un petit village où des amis ont une maison qu'ils m'avaient prêtée. J'y étais allé en avion puis en taxi, sans m'en rendre compte, sans doute pour écourter mon rêve. Mais parvenu dans la maison de mes amis, je m'étais aperçu que j'avais oublié mon synopsis dans le tiroir de mon bureau à Paris. Tout était si présent à mon esprit que j'avais pu commencer le roman malgré tout.

Pause.

— Mais ensuite tout s'était précipité. Les deux policiers qui étaient venus me voir chez moi à Paris m'avaient téléphoné pour m'apprendre que la scène de l'enlèvement d'un enfant avait eu lieu près de l'endroit où je m'étais retiré.
— Pardon, c'était à quel endroit exactement ?
— À Casteil. C'est un petit village catalan au pied du massif du Canigou. Le scénario rapporté par les policiers était identique, non pas à ce que je

venais d'écrire, je n'en étais pas encore là, mais à ce que j'avais prévu dans le synopsis que j'avais oublié chez moi, et dont ils avaient reçu une copie. Je devenais le témoin numéro un dans cette affaire. Une suspicion commençait à tomber sur moi avec ces deux mises en scène identiques à ce que j'avais écrit pour la première, et que j'étais sur le point d'écrire pour la seconde. J'étais donc remonté à Paris.

Pause.

— Vous pouvez m'apporter un verre d'eau, s'il vous plaît ?

Richard Meyer se redresse, se dirige vers la cuisine et revient avec le verre demandé, le tout sans un mot. James le remercie, boit deux gorgées puis pose le verre sur le guéridon à ses côtés. Il s'allonge à nouveau, puis ferme les yeux pour se concentrer sur la suite. Lorsque ses idées deviennent claires, il poursuit.

— Alors que j'étais rentré chez moi, j'étais surpris que les policiers soient déjà là. Nous étions montés dans mon appartement, et avant de commencer notre entretien, j'étais allé à mon bureau et j'avais retrouvé la feuille manuscrite avec le synopsis. Je la leur avais présentée, pour leur prouver que je ne leur avais pas envoyée. C'est là qu'ils m'avaient sorti une feuille identique à la mienne, mais surtout écrite également à la main, avec la même encre. C'était à partir de cet instant qu'ils m'avaient laissé sous-entendre que j'étais peut-être à l'origine des deux mises en scène, celle de Paris et celle des Pyrénées orientales, avec comme objectif de doper mes ventes. J'avais donc été placé en garde à vue pour rencontrer un psychologue.

Pause.

— Lorsque j'avais été confronté au capitaine expert en psychologie, il m'avait affirmé que la feuille que j'étais censé avoir envoyée à la police avait été présentée à un graphologue qui avait certifié que j'en étais l'auteur. Je lui avais sorti mes arguments. Un, je n'avais pas besoin de publicités supplémentaires pour doper les ventes de mon roman qui dépassaient le million...

— Vous avez dépassé le million, ne manque pas de réagir Richard Meyer ?
— Non, ça, c'était dans mon rêve. En réalité, je dois être autour de six cent mille...
— Pas mal quand même ! Si c'est grâce au prix, j'espère en vendre autant... Continuez, je vous

prie...

Pause pour recadrer ses idées.

— Il m'avait présenté alors une première page du *Parisien* sur laquelle j'étais en photo et suspecté d'être l'instigateur des deux mises en scène, avec comme titre « James Atkins, un auteur primé à succès, roi de la mise en scène – La rançon de la gloire ». J'étais vraiment effondré et c'est là que le policier m'avait conduit à la Direction Régionale de la Police Judiciaire...

— Ah, ça... je connais !

— Vous ne croyez pas si bien dire. Car c'est là que vous faites votre entrée dans mon cauchemar. Lors de la cérémonie qui avait suivi, j'avais été déchu de mon prix devant l'ensemble des invités et des médias, et vous, vous aviez reçu le vôtre avec ce roman au fameux titre dont je vous ai parlé « ***Meurtres à l'Élysée*** »...

— Ah, je comprends mieux !

— Mais surtout, après la remise de votre prix, vous étiez venu vers moi et vous m'aviez dit « « *Le prix pour moi, c'est bien. Mais le vôtre aux oubliettes, c'est encore mieux !* ». Je vous avais mis mon poing dans la figure, puis j'avais été arrêté. Vous aviez porté plainte, j'étais passé au tribunal où j'avais été jugé coupable. J'avais été contraint de vous verser la somme de soixante-quinze mille euros et la Cour m'avait radié définitivement des circuits littéraires. À partir de ce moment-là, je n'avais eu plus qu'une seule idée en tête. Me retrouver face à face avec vous pour vous faire avouer que vous étiez l'auteur des mises en scène qui avaient détruit ma carrière.

Pause.

— Plus tard, j'avais trouvé deux jeunes gitans que j'avais convaincus, contre une belle somme d'argent, de vous enlever et de vous conduire dans une maison abandonnée de Samois-sur-Seine...
— Pourquoi cet endroit ?
— Alors là, si je le savais. Peut-être pour avoir assisté plusieurs fois au festival Django Reinhardt et un a priori sur les jeunes gitans... Quoi qu'il en soit, vous m'aviez tout déballé et moi, j'avais tout enregistré avec un stylo-enregistreur. Lorsque je vous avais dit que j'avais la preuve de votre implication grâce à ce stylo, vous m'aviez sauté dessus pour m'étrangler...
— Alors ça, ce n'est pas moi, sourit Richard Meyer.
— C'est là que mon rêve a vraiment viré au cauchemar. Pour me sauver, l'un des deux gitans vous avait tiré une balle de revolver dans la tête et

vous étiez mort sur le coup.

— Et ça se termine là ?

— Non, pas du tout ! Les deux jeunes gitans m'avaient réclamé les cent mille euros que je leur avais promis, mais en liquide. Nous étions allés tous les trois à ma banque à Paris où j'avais pu sortir l'intégralité de la somme que je leur avais remise, puis nous étions retournés dans la maison abandonnée de Samois. Et là, surprise ! Vous n'étiez plus là. Votre corps avait disparu. Les deux jeunes gitans avaient été payés pour la mission que je leur avais confiée. Pour eux, elle était terminée. Vous n'étiez plus là, ils avaient estimé qu'ils n'avaient plus rien à faire là, et ils étaient partis.

Pause.

— J'étais alors retourné à ma voiture, en me disant que je ne craignais plus rien puisque j'avais vos aveux en ma possession. Et c'est à cet instant que je m'étais aperçu que je n'avais plus le stylo-enregistreur. Ni sur moi ni dans la voiture. J'étais redescendu à la cave où je pensais l'avoir sans doute oublié. J'avais fouillé partout. En vain. Il n'y avait plus qu'une solution. Les deux gitans étaient partis avec. Je devais absolument les retrouver. Je me souvenais qu'ils avaient dit en partant qu'ils retournaient jouer de la guitare sur l'île du Berceau à

Samois, où avait lieu le festival. Je suis donc reparti là-bas, mais lorsque je suis parvenu à la passerelle qui menait sur l'île, l'accès était interdit.

Pause.

— J'étais donc allé au bistrot à proximité où nous avions conclu l'affaire de votre enlèvement, en espérant qu'ils seraient là-bas. C'est là que le patron m'avait dit que depuis les inondations de 2016 le festival n'avait plus lieu sur l'île, mais dans le parc du Château de Fontainebleau. Et qu'à son avis, si je voulais avoir une chance de retrouver mes deux gaillards, je devais aller jeter un œil au camping de Samoreau, où se retrouvaient de nombreux musiciens pour le « off » du festival. Le festival ? À Fontainebleau ? Pourtant j'étais certain d'avoir assisté aux concerts de Caravan Palace et Stochelo Rosenberg. Je n'y comprenais plus rien. Là, maintenant je sais pourquoi. J'ai bien assisté à ces deux concerts dans la réalité, mais c'était vers 2010. Dans mon cauchemar, c'était très présent, d'où ma confusion. Bref, j'avais repris ma voiture et j'étais allé au camping de Samoreau que m'avait indiqué le patron. Et là, le désastre ! Les deux jeunes gitans étaient bien là, mais ils avaient été assassinés et s'était fait dérober les cent mille euros que je leur avais donnés en contrepartie de votre enlèvement. Je vous avouerai qu'à ce moment de mon cauchemar, tout s'effondrait. Votre corps avait disparu. Je ne pouvais plus prouver mon innocence puisque vos aveux n'existaient plus sans le stylo-enregistreur. Et la police enquêtait sur l'assassinat des deux jeunes gitans. S'ils apprenaient comment ils s'étaient procuré ces cent mille euros et pour quel motif, ils risquaient de remonter jusqu'à moi.

Pause.

— Et ensuite ? demande Richard Meyer.
— Ensuite ?... Eh bien, j'étais retourné au bistrot pour oublier ces chaos successifs. C'était pour moi, enfin, dans mon cauchemar, la seule issue. J'avais noyé cette tragédie dont j'étais l'instigateur dans plusieurs verres de whisky jusqu'à m'effondrer sur la table.
— Et c'est là que s'est terminé votre cauchemar ?
— Oui, je crois, mais le retour à la réalité a été plus que compliqué. Plusieurs éléments m'ont perturbé. D'abord, lorsque je suis revenu à moi, la première chose que j'ai vue, c'est mon stylo que, bien sûr, j'ai pris pour le stylo-enregistreur. Je me suis cru sauvé. J'avais retrouvé vos aveux enregistrés. Mais quand j'ai voulu récupérer la carte mémoire

à l'intérieur, inutile de vous faire part de mon désarroi lorsque je n'y ai trouvé qu'une cartouche d'encre. Puis lorsque j'ai vu qu'il était posé sur ma feuille où j'avais tenté de jeter des idées de mon prochain roman, avec des mots reliés entre eux, des paragraphes raturés, des feuilles froissées dans la corbeille, j'ai compris. En élargissant mon champ visuel, j'ai vu mon ordinateur puis l'ensemble de mon bureau. J'étais chez moi. J'ai d'abord cru que quelqu'un m'avait ramené dans mon appartement pendant mon coma éthylique. Mais lorsque j'ai découvert sur mon bureau le verre et la bouteille de whisky complètement vides, j'ai eu un début d'explication. Le whisky était bien à l'origine de mon entrée dans mon cauchemar, mais aussi de ma sortie.

Pause.

— Alors c'est là que vous avez réalisé ce que vous veniez de vivre dans votre subconscient ?
— C'est ce que j'ai cru. Après avoir pris une douche froide pour effacer une fois pour toutes les images et le scénario hallucinant que j'avais créés inconsciemment m'est revenue l'idée de la feuille avec le synopsis de mon prochain roman. J'ai ouvert le tiroir de mon bureau, mais bien sûr, elle n'y était pas, puisqu'elle était née dans mon

cauchemar. Paradoxalement, je me souvenais quasiment de ce que j'avais écrit. J'ai commencé à le réécrire selon ce que j'avais mémorisé, et c'est là que la sonnette de l'entrée a retenti.

— Et c'était moi ?

— Oui. Et quand je suis allé ouvrir et que je vous ai vu et que vous m'avez sorti votre fameuse phrase...

— ... Je vous avais bien dit que je me vengerais et que vous seriez aux premières loges !

— Exactement ! Alors là, je peux vous dire que je me suis retrouvé dans mon cauchemar d'un seul coup, cauchemar dans lequel vous étiez mort...

— Je comprends mieux pourquoi vous avez perdu connaissance. Maintenant, comment vous sentez-vous après m'avoir raconté dans le détail l'ensemble de votre cauchemar. D'ailleurs je dois vous dire que vous m'avez épaté avec votre talent de conteur. Oui, je sais, vous êtes auteur. Pas conteur. Alors, comment vous sentez-vous ?

James marque une pause.

— Je dois vous dire, honnêtement, que je me sens mieux. Mais quel délire !

— Mais vous avez raison, c'est bien c'est le whisky qui a été l'élément déclencheur...

— Sûr ! Et je peux vous dire que je ne suis pas

prêt d'y retoucher de sitôt.
— Mais attendez !... Il me vient une idée...
— Laquelle ?

Richard Meyer réfléchit en silence, puis poursuit.

— Vous avez parlé de synopsis, moi de scénario. Avec tout ce que vous m'avez raconté, je crois que c'est votre imagination d'écrivain qui a guidé en permanence le cheminement de votre cauchemar, en vous appuyant parfois, comme dans tous les rêves sur certains souvenirs de votre réalité, comme le festival Django Reinhardt. Ce sont bien ces souvenirs qui vous ont fait inconsciemment choisir Samois. Votre talent a fait le reste. Ne croyez-vous pas que vous tenez vraiment un sacré fil conducteur avec un suspense haletant pour votre prochain roman ?

James se laisse porter par la suggestion de Richard Meyer, et s'imagine déjà dans l'écriture de son histoire.

— Ah, ça aurait pu, en effet ! Mais j'ai peur d'être en déséquilibre entre rêve et réalité, et de me casser les dents.
— J'ai une suggestion à vous faire. Mais vous

n'êtes pas obligé de me répondre tout de suite. Nous sommes maintenant deux auteurs à égalité avec nos prix du Quai des Orfèvres.

— Je ne peux pas dire le contraire.
— Et si nous l'écrivions ensemble ?
— Ensemble ?
— Oui, vous, pour écrire selon le fil conducteur de votre cauchemar, et moi, pour veiller à une cohérence avec la réalité et reprendre des passages qui fausseraient la justesse du récit.

James fait quelques pas dans le salon, tout en réfléchissant à la proposition de Richard Meyer.

— Alors là, je crois que vous avez eu une excellente idée. Et vous savez quoi ?
— Non, mais vous allez me le dire !
— Si après être parvenus au passage où les deux jeunes gitans ont été assassinés, nous orientions la seconde partie du roman sur l'enquête policière, plutôt que sur le coma éthylique de l'auteur dans le bistrot ?
— Ah, mais, attendez ! Oubliez le cauchemar ! On n'en garderait que la trame « polar ». Et il est bien évident que nous ne pourrions pas le présenter l'an prochain au prix du Quai des Orfèvres... Un auteur primé ne peut pas participer après l'avoir remporté. A fortiori, deux. Par contre, ne pensez-

vous pas que Montajuy, notre directeur de Black-Novel Éditions serait ravi de publier un polar écrit par deux de ses lauréats du prix du Quai des Orfèvres ? Ce serait un bon coup publicitaire pour lui, comme pour nous, vous ne croyez pas ?

James ne peut s'empêcher d'imaginer la réaction de Montajuy, et les retombées positives que cela pourrait avoir sur son chiffre d'affaires et sur leurs carrières respectives.

— Eh bien, banco, Richard ! Votre idée est excellente. Je peux vous appeler Richard ?
— Bien sûr, James ! Je propose même que l'on se tutoie. Après tout, ne formons-nous pas une équipe d'enfer ?
— Tu as raison. Allez, ça s'arrose !
— Un petit whisky ?
— Berk ! Alors, là, certainement pas !
— Je plaisantais, s'amuse Richard avec un large sourire. J'ai mieux que ça !

Il se dirige à la cuisine et revient avec la bouteille de champagne qu'il avait mise au réfrigérateur afin qu'elle reste au frais.
Dès qu'il la voit, James va vers le bar et sort deux coupes qu'il pose sur la table.
Richard débouche la bouteille et les remplit. Il

en prend une qu'il tend à James, et la seconde pour lui.

— Eh bien, trinquons à notre prochaine collaboration, mon cher James !
— Sans oublier ton prix du Quai des Orfèvres. Après tout, c'est bien pour ça que tu es venu chez moi, non ?
— C'est vrai. Mais jamais je n'aurais cru que nous déciderions de collaborer à un même roman.
— Tchin !
— Tchin !

Après avoir bu sa coupe, Richard regarde sa montre.

— Nom d'une pipe ! Il est déjà 18 h 15 !
— Tu as rendez-vous ?
— Oui, je passe dans l'émission littéraire « La grande librairie » à 21 h sur France 5.
— Eh bien, tu ne perds pas de temps. Félicitations !
— Bon alors, merci pour tout, James ! Je suis ravi de travailler sur ce roman avec toi.
— Moi de même, Richard ! Je te raccompagne...

Après s'être serré la main, James ouvre la porte et s'efface pour laisser passer Richard qui se dirige vers l'ascenseur.

— Allez, à bientôt, James !

— Avec plaisir ! On se téléphone pour la suite. Tiens, je te laisse ma carte avec mes coordonnées...

— Ah, mais tu me l'as déjà donnée !

— Ah bon ? Mais quand ?

— Tu ne te souviens pas ? Tu me l'as remise lorsqu'on s'est retrouvés sur la terrasse du café, juste avant que nous allions ensemble à la Préfecture de Police et que tu reçoives ton prix. C'était il y a un an...

— Ah oui ! Eh bien, tu vois, j'avais oublié ça...

— Mais non, James, tu n'as pas oublié. Comment crois-tu que, dans ton cauchemar, j'ai pu me rendre chez toi pour prendre la feuille avec ton synopsis ? Ton subconscient, lui, s'en est souvenu.

— Bon, tu avais mon adresse et mon numéro de portable sur la carte. D'accord. Mais je ne t'avais pas donné la clef de mon appartement...

Richard éclate de rire.

— Bien sûr que non ! Mais là, c'est ton subconscient qui m'a inventé un ami serrurier avec un passe-partout.

— Alors toi, tu es trop fort !

— Juste une déduction de psychanalyse ! Bon, allez, je me sauve...

— OK. Je t'appelle. À bientôt et... bonne émission !

— Merci ! Allez, salut !
— Salut ! À plus !

Alors que la porte de l'ascenseur glisse en silence pour se refermer, Richard la retient de la main, puis passe la tête.

— Au fait...

James qui allait refermer celle de son appartement l'ouvre à nouveau.

— Tu as oublié quelque chose ?
— Moi, non. Mais nous, oui. On a oublié quelque chose d'important !
— Ah ? Quoi ?
— Le titre que nous allons donner à notre roman...
— Ah oui, mince, tu as raison...

Chacun réfléchit de son côté, quand soudain James lance :

— J'ai peut-être une idée ! Tu sais, dans mon cauchemar, quand tu m'avouais être à l'origine de la mise en scène de Paris et de celle des Pyrénées orientales qui n'avait pas eu lieu d'ailleurs, je t'ai dit que ta vengeance mériterait un prix pour sa formidable organisation. Que penses-tu de ce titre ?

— Lequel ?
— Eh bien...

« Le Prix de la Vengeance »

Richard réfléchit quelques secondes à la proposition de James.

— Génial ! Avec un titre pareil, je crois qu'on va aller loin !
— Je le pense aussi.
— Bon, j'y vais, sinon je vais être en retard.
— Je regarderai ton émission ce soir !
— Sympa ! Mais bon, ce n'est pas mon émission ! Juste celle où je suis invité.
— Bon, là, tu joues avec les mots !
— C'est bien pour ça que je suis auteur ! Allez, je me sauve !
— À bientôt !

Dix secondes plus tard, la porte de l'appartement est refermée.

Tout comme celle de l'ascenseur.
Le couloir est soudain vide et silencieux.
La minuterie s'éteint.
Noir.

Un grand merci à mon équipe de choc
pour la relecture efficace, intensive
et méticuleuse

Monique BERNARD, Janine GREINHOFER,
Josette LAGNEAU, Peggy LAGNEAU
et Shirley VIRGA

Autres livres de Patrick LAGNEAU chez BoD (www.bod.fr/librairie)

Romans

La petite boîte d'albâtre

Les voyages temporels
d'Archibald Goustoquet - Tome I : Attentat

Les voyages temporels
d'Archibald Goustoquet - Tome II : Kidnapping

Les voyages temporels
d'Archibald Goustoquet - Tome III : Catastrophe

Étranges migraines

Le photographe de Paulilles

Au nom de Sara
(4857 Mao Zedong Avenue)

44 ans sans toi

Page blanche pour roman noir

Tu ne tatoueras point

Salut, mon pote !

J'ai mal à mon pays

La panne

Cacophonie mentale

Albums jeunesse

Les histoires d'Hector
Les nouvelles histoires d'Hector
Les dernières histoires d'Hector
Abracadacha (roman-photo)

Nouvelles
Des chutes en cascade

Poésie
Regards

© 2024, Patrick LAGNEAU

Édition : BoD · Books on Demand GmbH,
In de Tarpen 42, 22848 Norderstedt (Allemagne)

Impression : Libri Plureos GmbH,
Friedensallee 273, 22763 Hamburg (Allemagne)

ISBN : 978-2-3224-7846-0
Dépôt légal : Novembre 2024